Sorties de route

© 2020 REMY GONIAUX, JOELLE
Edition: BoD – Books on Demand,
12/14 rond point des Champs-Elysées, 75008 Paris
Impression: BoD – Books on Demand, Norderstedt, Allemagne.

ISBN: 9782322259366
Dépôt légal: décembre 2020

Joëlle Remy Goniaux

# Sorties de route

ROMAN

*A MES ENFANTS CHERIS, ÉMILIE, ANTONY.*

Tourne-toi vers le soleil et l'ombre sera derrière toi

*(Proverbe Maori)*

Le mois de Mars pointait le bout de son nez. Narcisses, pensées, crocus égayaient les plates-bandes du jardin délavées par des pluies récurrentes. Les forthysias s'étaient habillés de jaune. Depuis trois jours Elisabeth rapportait de ses marches matinales de gros bouquets de jonquilles. Posées au coin d'une commode, sur une table basse, dans la cuisine, ces petites touches lumineuses, prémices du printemps, illuminaient ses pièces. Profitant des premiers rayons de soleil, Harry le chien de la maison réchauffait ses vieux os, les quatre fers en l'air, sur les pavés pour soulager sa dysplasie.

— Mon tout beau, cet après-midi, je commence à t'enlever tes poils d'hiver, tu te sentiras plus léger, lui promît sa maîtresse.

Elisabeth s'impatientait d'être en avril... Elle s'offrait chaque année, à l'arrivée des beaux jours son cadeau d'anniversaire, une thalassothérapie qu'elle partageait avec sa petite fille Manon. Toutes deux attendaient ce séjour : six nuits, sept jours entre femmes, semaine programmée, reconduite d'une année sur l'autre. Cette pause permettait d'éliminer les toxines accumulées pendant l'hiver. C'est du moins ce qu'elles disaient pour se donner bonne conscience. Henri, le grand-père restait à la maison pour garder le berger australien. Il fallait bien que quelqu'un s'y colle !

Clientes fidèles de l'hôtel Atalante de l'île de Ré, elles étaient choyées, attendues. La direction ne manquait jamais de leur envoyer une navette à l'arrêt de bus « Sainte Marie ». Parties à huit heures, en TGV de la Gare Montparnasse, elles débarquaient à La Rochelle, trois heures plus tard. En descendant du train, elles ne pouvaient ignorer les affiches du festival des Francofolies sur les panneaux publicitaires des quais, murs, entrées de parcs. Elles se promettaient, sans l'avoir jamais fait, de revenir pour participer à ce super événement de juillet, connu et reconnu. De nombreux artistes émergents ou confirmés s'y produisaient. Les échos en étaient flatteurs. Tous les partenaires publics, mairies et musées, les bars, restaurants, associations œuvraient à sa réussite.

Elles buvaient un thé, chocolat pour Manon, au café avant de monter dans le bus de midi. Après avoir franchi le pont qui reliait l'île au continent depuis 1988, elles se laissaient conduire en admirant la végétation, les marchés locaux, les devantures des loueurs de vélos et les petites maisons blanches. Elles déposaient leurs valises à la réception, déjeunaient au restaurant de l'espace cure, affinaient leur programme de soins, prenaient possession de leur dotation, peignoir et sandales, partaient se reposer dans

leur chambre, toujours la même avec terrasse vue sur mer.
Après les ablutions du matin, elles prenaient les bicyclettes de l'hôtel pour visiter les sites historiques de La Flotte ou de Saint Martin. Elles empruntaient une partie des cent vingt kilomètres de pistes cyclables qui sillonnaient l'île. Manon flashait sur les emblématiques ânes en culotte. Elles leur rendaient fidèlement visite au parc de la Barbette. Dans les paniers, à l'avant du vélo, elles rapportaient une gamme de souvenirs à leurs images : savons, mugs, porte-clés, autocollants mais aussi de la bière blanche pour Henri, du sel, des biscuits, des spécialités locales, des petites délicatesses à offrir au retour.
— Lisbeth, je regrette pour grand-père, obligé de garder Harry. J'aimerais tant lui faire visiter nos endroits favoris.
— T'inquiète ma chérie, le vélo n'a jamais été sa tasse de thé quant aux massages, il déteste. Crois-moi, il apprécie sa relative solitude et notre complicité.
Elles profitaient l'une de l'autre. Elles emmagasinaient souvenirs, photos, fous rires pour alimenter jours, mois à venir. Elles s'aimaient, se bisoutaient.
Cette fois, elles rompaient avec leurs habitudes. Elles avaient jeté leur dévolu sur la Baule, département de Loire-Atlantique. Manon avait envie de changement. Ne connaissant pas la région, le relais Thalasso, Château des Tourelles, était présenté sur toutes les brochures comme un véritable havre de paix. Leur escapade était réservée depuis janvier. Les billets de trains Paris/Nantes/Pornichet imprimés les attendaient. Elles se voyaient déjà sur la plus belle baie du

monde arpentant ses neuf kilomètres de plage en arc de cercle, foulant le sable fin les pieds dans l'eau, admirant le ballet des voiles à l'horizon. Cet espace hôtelier hydro-Marin, sa piscine chauffée à trente deux degrés, ses jets de massage sous-marins, ses geysers, ses soins bouillonnants les attendaient. Elles ajouteraient comme d'habitude des soins personnels, profiteraient du solarium, hammam, sauna. Elles rêvaient déjà du Virgin Mojito qu'elles siroteraient au lounge bar, en écoutant une musique de chambre dans une ambiance feutrée. Elles avaient besoin de se faire chouchouter.

— Manon, nous allons bientôt nous prendre du bon temps. Tout est bordé. La Baule nous attend, venait de confier Elisabeth au téléphone à sa petite fille.

Mais cette année ne ressemblait à aucune autre. Le printemps tant attendu, débuta par une grande épidémie mondiale qui allait marquer pour toujours les mémoires individuelle et collective. La nature s'éveillait, invitant les gens à sortir mais la mort rôdait les obligeant à se murer chez eux. Venu de Chine, le virus Covid 19 voyageait à grande vitesse sur toute la planète par avion, train, bateau, métro, bus. Cet ennemi invisible s'installait insidieusement, très rapidement dans tous les pays contaminant chaque jour des millions de personnes, entraînant des milliers de morts. L'angoisse allait grandissante. Dès le dix sept mars, devant cet envahisseur de l'ombre, le gouvernement instaura des mesures de confinement pour ralentir sa propagation. Aux habitants, petits et grands, il refusa toutes les sorties. Il autorisa les déplacements individuels pour des achats alimentaires, la pratique d'une activité physique, des balades d'animaux dans les limites d'une heure par jour, à une distance d'un kilomètre du domicile. Les enfants avaient classe à la maison via internet. Les adultes mirent en place le télétravail. Les restaurants, coiffeurs fermèrent leurs portes, comme les cinémas, musées, salles de spectacles. Tous les rassemblements étaient interdits.

Elisabeth, obligée, annula avec amertume son séjour récréatif, ses billets de trains.
— Chérie, il ne nous est plus possible de partir. J'ai obtenu un avoir valable dix huit mois.
— Nous irons en novembre, Lisbeth. A cette date, le virus aura disparu, lui rétorqua une Manon optimiste.

La vie ralentie semblait suspendue. Chacun retenait son souffle dans l'éventualité d'une contamination massive, irréversible. Tous les jours, pendant des semaines, les pays ont compté leurs malades en réanimation, comptabilisé leurs morts enterrés sans un adieu à leurs proches, sans cérémonie, à la sauvette. Pour se prémunir du virus, des gestes barrière ont été instaurés : port de masques, de gants, lavages de mains avec désinfectants, paiements par carte bancaire sans contact, commandes en ligne, livraisons en drive... Les rebelles, les indisciplinés, les irresponsables étaient verbalisés. Des distances de sécurité entre individus ont été ordonnées, les poignées de mains, les effusions, les embrassades proscrites. Le virus, sorti tout droit de sa boîte de Pandore, s'attaqua à tous les maux de l'humanité : la vieillesse, la maladie, la guerre, la famine, la misère, la folie, le vice, la tromperie, l'orgueil et... l'espérance. Les chercheurs, boostés dans leurs recherches de traitements, de vaccins, menaient une course contre la montre. L'espoir étant d'exterminer rapidement cet ennemi qui enlevait, ravageait tant de vies. La société vécut en huis clos pendant des semaines. Les drones sommaient les gens de rester chez eux. La privation de toute liberté, qui dans d'autres circonstances aurait été un crime, a fini par être acceptée. Des routines se sont installées. Des cocons familiaux permirent aux enfants de supporter un confinement très restrictif. Les conséquences économiques étaient catastrophiques.

Elisabeth vit avec tristesse ses dates de vacances prévues approcher puis être dépassées.

A la mi-mai, les autorités mirent en place un déconfinement progressif, par zones. Plus rien ne ressemblait à avant. Les mesures de protections étaient restées, masques, distances de sécurité dans les transports. La hantise d'une nouvelle contamination perdurait dans tous les esprits. La liberté de fréquenter à nouveau les parcs, les forêts et les plages permirent aux gens d'espérer des vacances d'été.

Par chance, Elisabeth, vivait à la campagne. Ce confinement, difficile à accepter au début, aboutit après quelques jours à une résignation voire une soumission. Pour se défendre contre l'ennui, elle continua à promener son chien, une heure par jour. Bravant les interdits, elle allait en forêt. Cette sortie lui profitait, l'aidait à éliminer toutes les pensées négatives qui l'assaillaient. Le mois d'avril, ensoleillé, lui permît de s'occuper du jardin. Délaissé, par manque de temps, ces deux dernières années, le travail n'y manquait pas. Avec Henri, ils ont désherbé, taillé buissons, rosiers, élagué les arbres, rafraîchi, redessiné les massifs au cordeau. Le mobilier resté dehors tout l'hiver a été poncé, les murs de la maison nettoyés à la lance à eau, les pavés et les murets démoussés. Des bouquets de muguet, particulièrement odorants, avaient remplacé les jonquilles avec, en cette année si particulière, le vœu profondément renouvelé de porte bonheur. Jamais un début de printemps n'avait connu une telle activité débordante. Cette dépense d'énergie les laissait le soir, tous les deux exténués. Ils se sentaient particulièrement privilégiés dans cet environnement qu'ils affectionnaient en cette période de trouble et d'incertitude.

— Je suis heureuse de vivre à la campagne, Henri ; je n'aurais pu supporter cette réclusion arbitraire ailleurs.

— Beaucoup n'ont pas le choix, ni notre chance ma Lisa.

Lisa, diminutif d'Elisabeth, donné par son époux, nourrissait des inquiétudes grandissantes pour sa petite fille, pas revue depuis février. La jeune femme travaillait à l'hôpital Bichat, service de médecine réanimation infectieuse et se trouvait en première ligne face à cette pandémie. Les lits pour les malades manquant rapidement, il fallût prendre des initiatives pour en augmenter la capacité. Des transferts furent organisés par TGV, hélicoptères dans les régions les moins touchées, par avions pour des pays limitrophes : Allemagne, Luxembourg, Suisse, Autriche.

— Henri, je suis très inquiète pour Manon. Toutes ces images à la télévision…

— Tu sais bien que notre petite fille ne prendra aucun risque. Elle est très professionnelle.

Manon ambitionnait d'être infirmière depuis ses dix-huit ans. Elle était loin d'imaginer la situation qu'elle vivait aujourd'hui. Son choix, mûrement réfléchi, se traduisit par un cursus universitaire en trois ans avec à la clef un diplôme d'état. Des études difficiles, fatigantes avec une formation en deux temps, théorique et clinique. Ses pratiques dans certains services hospitaliers entraînaient des interrogations existentielles. Troublée, elle en discutait certains soirs avec sa grand-mère. L'euthanasie, la mort prématurée chez les jeunes enfants, les traitements dans les services d'oncologie restaient des sujets graves qui l'interpellaient. A vingt trois ans, après deux années d'exercice, elle s'engagea pour une spécialisation d'infirmière anesthésiste diplômée d'état. Le diplôme « IADE » en poche, elle décida de s'installer à Paris, dans l'appartement de ses parents. Elle venait à la campagne, chez ses grands-parents, pour ses vacances ou ses jours de récupération. Elle avait instauré avec Lisbeth, petit surnom qu'elle lui donnait depuis l'enfance, des habitudes de vidéoconférences sur Viber qui les maintenaient en contact, les gardant toujours proches l'une de l'autre. Depuis plusieurs semaines, ces échanges s'étaient raréfiés. Manon envoyait des messages concis, toujours chaleureux, pour rassurer…

Les journaux télévisés alarmaient, inquiétaient toute la population. Des soignants protégés par des masques, surblouses intubaient les souffrants dans l'urgence. Visions d'horreur qui laissaient Elisabeth éveillée jusqu'au petit matin. Elle se sentait à l'origine du choix professionnel de sa petite fille.

Manon avait toujours admiré sa grand-mère, soutenu son volontariat dans les hôpitaux où elle se rendait plusieurs fois par semaine. Bénévole dans une association de soutien aux personnes alitées, elle visitait les patients du service gériatrie. Elle les aidait à manger, faisait la lecture, leur apportait des petites gâteries faites maison : compote, fruits de son jardin, tartes, biscuits… Les attentes étaient grandes, les échanges toujours appréciés. Le personnel aimait sa discrétion, son efficacité et ses attentions. Elisabeth avait eu une jeunesse difficile. Son père, polonais était venu en France pour travailler quelques années avant sa naissance. Il avait laissé au pays sa femme et trois jeunes garçons. Ouvrier agricole, il besogna dur, réunit assez d'argent pour faire venir toute sa famille. Installés dans une maison mise à leur disposition par le fermier, deux autres enfants y étaient nés. Seule fille de la famille, elle seconda rapidement sa mère dans les tâches domestiques, en oubliant l'innocence de la jeunesse. La religion tenait une grande place dans sa vie. Croyante et pratiquante, elle accompagnait chaque été, depuis de très nombreuses années, le train des malades à Lourdes. Elle poussait les fauteuils roulants des pèlerins aux messes et processions. Elle vouait un véritable culte à la Vierge, récitait ses neuvaines de prières à Marie dans le but d'obtenir des grâces pour ses protégés. Elle était le reflet de sa foi : toujours à l'écoute, attentive, prête à rendre service, généreuse. Physiquement, elle paraissait fragile. Elle avait pourtant confié à sa petite fille avoir été plus que rondelette dans sa jeunesse ; difficile à imaginer. Menue, presque fluette, elle dégageait une force incroyable. Rien ne pouvait l'arrêter quand elle décidait d'entreprendre de gros travaux : peindre, poncer, bêcher, brouetter, tailler.... Certains hommes auraient rechigné à accomplir ces tâches. Héritages de ses gènes, de son origine comme l'étaient ses yeux bleus, ses cheveux blonds ... devenus récemment presque blancs.

Henri, passionné de généalogie, menait ses recherches comme des enquêtes policières. Sur les actes d'état civil et paroissiaux, il était à l'affût des témoins d'une naissance, d'un mariage, d'un décès pour remonter les filiations. Manon déchiffrait avec lui, non sans difficultés, les écritures manuscrites à la plume avec pleins et déliés. Parfois l'usage d'une loupe était indispensable. Ce plaisir qu'ils partageaient les rapprochait. La jeune fille puisait chez sa grand-mère son énergie, sa force de caractère, sa détermination, son amour pour les autres. Elle apprenait avec son grand-père, la patience, la minutie, la persévérance.

Le couple était fier de leur petite fille.

Le mois de juin s'était installé amenant ses chaudes et longues journées lumineuses, rayonnantes, parfumées.
— Quand reverrons-nous notre Manon, dis-moi, Henri. J'ai tellement peur. Elle serait bien, ici, avec nous...
— Elle fait de son mieux, tu le sais. Elle t'a dit de ne pas t'inquiéter. Fais lui confiance.

Les Boule-de-neige, spirées, iris, pivoines, céanothes avaient cédé la place aux hydrangeas, lilas d'Espagne, hortensias, hibiscus. Les rosiers anciens : Chapeau de Napoléon, Pierre de Ronsard, Princesse Anne, croulaient sous les fleurs. Tout était en harmonie dans ce jardin et aurait fait mourir d'envie les plus grands impressionnistes. Mélanges de parfums, de couleurs qui ravivaient les sens. Lisa aimait peindre. Elle offrait ses aquarelles, croquis au fusain, petits tableaux à l'huile à ses amis. Ses principales sources d'inspiration : son jardin, son chien, les oiseaux. Mésanges, rouge-gorges, piverts, moineaux, pigeons, tourterelles cohabitaient dans les haies, les arbres, nichaient sous les tuiles. Les oisillons véritables réveille-matins pépiaient au printemps dès la levée du jour. Ce n'était pas pour déplaire à la maîtresse de maison, toujours très matinale.

Ce fut un de ces jours de juin que Manon arriva sans s'être annoncée. La surprise fut si grande qu'Elisabeth défaillît.
— Enfin te voilà. J'ai cru que ce jour n'arriverait jamais !
Elles s'étreignirent, s'installèrent mains unies, pour discuter. La jeune fille avait beaucoup changé : amaigrie, traits tirés, yeux immenses dans un visage fatigué. Un voile de tristesse venait souvent obscurcir son regard. Parfois une absence fugace interrompait ses propos. Le cœur d'Elisabeth se serra.
— Henri, tu peux descendre la valise ; notre Manon s'installe.

Henri déchargea le bagage de la Mini Cooper. Après être montée dans sa chambre pour se rafraîchir, elle redescendit rapidement visiter toutes les pièces de la maison comme un petit chien cherchant à marquer son territoire. Elle avait ses habitudes dans cette grande demeure. Ses parents, Antoine et Fiona, tous deux musiciens à l'Orchestre National de France partaient souvent en tournées : Singapour, Japon, Russie, Allemagne, Autriche, Amérique de Nord. Sa mère, premier violon, son père violoncelliste aimaient cette vie, un peu bohème qui les emmenait de par le monde avec leurs instruments. Des absences programmées deux ans à l'avance tant la logistique était lourde. Ils s'étaient rencontrés au conservatoire de Paris. Mariés jeunes, tout juste vingt ans, surpris par une grossesse non programmée, ils faillirent l'interrompre. Quatre mois après la naissance de Manon, ils confiaient l'enfant à la grand-mère. Ils ne vivaient que par et pour la musique. Elisabeth éleva la petite comme sa propre fille. Sa responsabilité de grand-mère ne remplaçait pas celle de ses géniteurs. Sitôt leur retour à Paris, quartier latin, où ils avaient acheté un appartement, elle leur emmenait Manon. Son entrée en primaire compliqua ses brèves retrouvailles. Elle ne voyait alors ses parents qu'aux vacances, si les concerts, les tournées le permettaient.

Elisabeth souffrait de la situation, pas Manon. Elle avait pris l'habitude de suivre leurs déplacements sur une mappemonde, tableau géant installé dans le bureau du grand-père. Ensemble, ils déplaçaient les onglets sur la carte, se renseignaient sur les monuments, les monnaies, les animaux, les dirigeants, les us et coutumes des différents pays où ils se produisaient. Sans avoir jamais voyagé, elle avait ainsi acquis beaucoup de connaissances. Elle collectionnait les cartes postales. A leur retour, des cadeaux venaient décorer sa chambre. Elle s'accommodait aisément de ces absences, puisant dans l'amour qu'elle recevait de ses grands-parents les forces nécessaires pour avancer.

Quand Antoine et Fiona décidèrent de partir en Australie, elle n'en fut pas particulièrement affectée. Rejoindre l'orchestre symphonique était pour eux une opportunité qu'ils ne voulaient pas laisser passer. L'opéra de Sydney, monument connu et reconnu ressemblant à un grand voilier pour les uns, à un coquillage pour les autres, les avait toujours fait rêver. Haut lieu de représentation des arts lyriques, il était une consécration. Pouvoir y jouer, un luxe, un privilège inespéré. Un ami australien Leslie, rencontré par Antoine sur le chemin de Compostelle quand il était scout, allait leur faciliter l'intégration à ce pays si vaste. Depuis leur pèlerinage, ils avaient gardé d'étroites relations, une amitié grandissante, un respect mutuel, un amour partagé de la musique contribuant grandement à leur prise de décision. Manon venait d'avoir son bac avec mention. Elle ne céda pas à la pression de ses parents, principalement de son père, pour les suivre. Elle décida de rester en France. Sérieuse, travailleuse, elle savait ce qu'elle voulait et avançait dans la vie.

La nuit de son retour, elle dormit quinze heures d'affilée. Lisbeth, inquiète, était montée plusieurs fois dans sa chambre pour s'assurer, comme lorsqu'elle était petite, que tout allait bien. Elle mettait la table sous la véranda, pour le déjeuner, quand toute ensommeillée, sa petite fille vint lui claquer un gros baiser sur la joue.

— Tu aurais dû me réveiller, je t'aurais aidée à préparer le repas.

— Sûrement pas, je n'ai que cela à faire, te bichonner. Je t'ai d'ailleurs préparé un taboulé, une tarte à la rhubarbe. Ton grand-père va nous cuire des côtes d'agneau au barbecue.

— Excellent ! Je me demande souvent ce que je ferais sans vous !

Un vrai plaisir de voir sa Manon manger de si bon appétit. Elle avait retrouvé le sourire. Ses longs cheveux blonds tombaient en cascade sur ses épaules légèrement dénudées. Ses yeux bleus illuminaient un visage oblong d'une grande finesse. Une Madone, songea Lisa. Après le repas, ils optèrent tous trois pour une promenade. Harry avait compris le projet et commençait à tourner en jappant d'impatience. La forêt étant proche, ils quittèrent la maison à pied. Il faisait un peu trop chaud à leur goût. Ils marchaient à la fraîche d'habitude. Ils avaient différé leur balade, espérant que leur petite fille les accompagnerait. Une fois à l'ombre des arbres, ils se sentirent mieux. Ils parlèrent de tout et de rien, chacun évitant d'aborder les sujets d'actualité.

— Tes parents ont appelé sur Face Time pendant que tu dormais. Ils aimeraient que tu leur donnes des nouvelles.

— Je vais téléphoner en rentrant mais je n'ai pas grand-chose à leur dire.
— Regardez tous ces mûriers en fleurs. Manon, nous ferons de délicieuses confitures cet été !

Le chien allait devant, pistait toutes les traces de chiennes, ne s'écartant du chemin que pour bondir sur les écureuils. Tout était calme, reposant. Les gazouillis des oiseaux égayaient leur marche. Harmonie des gens et des lieux. En rentrant, une citronnade rafraîchie, préparée à l'avance, les attendait avec des canelés cuisinés maison.

Ce fût seulement deux jours après son retour qu'ils abordèrent le sujet si délicat des semaines passées dans le service de réanimation.

— Lisbeth, ce qui a été le plus déplorable, ce fût le manque de temps pour une prise en charge plus humaine. Pas de sourire derrière nos masques, nos paroles à peine audibles :

- *Ne vous inquiétez pas*
- *Ça va faire un peu mal*
- *On vous installe dans un instant*

Courtes phrases de routine en allant d'un malade à l'autre. Masques, gants, surblouses, charlottes, protections de chaussures nous faisaient ressembler à des robots aux gestes mécaniques. Les patients ne pouvaient être accompagnés par leur famille. Grandement affaiblis, parfois à l'article de la mort, il nous fallait réagir vite, en laisser un pour s'occuper d'un autre… jamais je n'ai intubé autant de personnes dans un temps si court, de nuit comme de jour.

Manon revivait ces moments en racontant. Patients en grande détresse respiratoire, gestes routiniers : pose de sondes d'intubation dans la trachée, de manomètres à aspirations gastrique et bronchique, de mise sous ventilateurs pour contrôler mécaniquement la respiration. Ses mains s'agitaient. Elle était retournée en enfer. Elle reprit,

— Après être restés pendant des décennies les parents pauvres des services publics, des gouvernements, nous étions propulsés sur le devant de la scène par des politiques qui nous faisaient les yeux doux, même la cour ! Les médias nous louangeaient. Médecins, épidémiologistes, anesthésistes, infirmiers, aides soignants, ambulanciers, chercheurs étaient applaudis, même nourris !… On reconnaissait le bien fondé de nos revendications antérieures demandant, depuis des années, des moyens supplémentaires en effectifs et équipements. En vérité, nous étions la dernière arme, le dernier espoir avant la mort…

Elisabeth s'approcha d'elle, la prit dans ses bras, la berça doucement comme elle le faisait petite pour la calmer et l'endormir. Manon se ressaisit. En souriant cette fois, elle avoua à sa grand-mère être tombée amoureuse. Oui, amoureuse d'un regard, plutôt de ce qu'elle pressentait derrière les yeux bleus taquins, seuls reflets visibles d'un jeune homme volontaire à La Croix Rouge gentil, compassionnel, charmeur.

— Je ne connais que son prénom, Malik. Je n'ai jamais vu son visage, toujours masqué. En accompa-

gnant les brancards, il nous faisait des topos précis et concis, parlait aux malades avec un ton chaud, rassurant :
- *Ça va aller, vous êtes entre de bonnes mains…*
- *Voilà, le plus dur est fait, on va s'occuper de vous…*
- *Regardez-moi, faut vous battre maintenant…*
- *Votre femme est dehors, je vais lui donner des nouvelles…*
- *Vous avez de la chance d'avoir une si jolie infirmière*

Il me faisait alors un petit clin d'œil complice qui me faisait du bien.

La grand-mère voulut en savoir plus… Manon détourna la conversation.

— Habiter Paris a été une chance. Des taxis nous transportaient bénévolement. Plusieurs de mes collègues ont dormi à l'appartement. Elles étaient trop épuisées pour rejoindre leur famille. On traversait les rues vides, ne croisant que des ambulances, des camions de pompiers, des véhicules d'urgentistes, très peu de voitures. Exténuées, on s'endormait souvent sur le chemin du retour, les chauffeurs devaient nous réveiller.

Imaginer son petit trésor dans cette tourmente … Elisabeth ferma les yeux.

Quelques jours plus tard, elles étaient installées sur des chaises longues pour profiter d'un soleil généreux quand le téléphone de Manon sonna. Sortie de sa torpeur, inquiète, Elisabeth s'intéressa à la conversation. Allait-on lui demander de revenir ? Aux réponses de sa petite fille, elle fut vite rassurée. Quand elle reposa l'appareil, la jeune fille émue bafouilla :
— C'était lui, Lisbeth, il m'a trouvée !
— De qui parles-tu, ma chérie ?
— De mon urgentiste. Je t'en ai parlé l'autre jour. Il est allé dans mon service quémander des renseignements sur moi, a demandé mon numéro de téléphone. Il veut me revoir.
— Tu es d'accord pour le rencontrer ?
— Je ne sais pas trop. Je n'ai vu de lui que ses yeux. C'est un peu cavalier cette intrusion, tu ne trouves pas ? Pourtant j'en suis heureuse.
— Il pensait certainement te voir à ton travail.
— Sans doute. Il me laisse la liberté de le rappeler.
— Cela ne t'engage en rien. Vous pourriez parler ensemble de ces moments si particuliers, si difficiles que vous avez vécus tous les deux.
— Tu as raison ! Serais-tu d'accord pour que cette rencontre se fasse ici ? Tu vois, je ne le connais pas. Je serais plus à l'aise si nous n'étions pas seuls.
— Bien entendu. Convenez d'un jour et tiens-moi au courant.

Jamais Elisabeth n'avait vu sa petite colombe si troublée. Une éclaircie dans sa vie de jeune femme sage. Elle ne lui connaissait jusque-là aucune relation sérieuse. Rendez-vous fut pris. Elle l'avait invité pour un déjeuner qu'elle prépara avec grand soin, refusant toute aide. Le jour « J », elle installa sous le noyer, pour les protéger d'un soleil trop agressif, une magnifique table champêtre : nappe blanche brodée, fleurs coupées en guirlandes, verres colorés, assiettes décorées, serviettes vertes unies dessinant un chemin de verdure. Sur les fauteuils, de gros coussins confortables attendaient. Elle avait choisi son menu : salade composée en entrée, côte de bœuf – cuite par Henri au barbecue – pommes de terre en papillote, clafoutis aux cerises. Bien occupée, la nervosité finit cependant par la gagner au fil du temps. Quand il sonna, elles étaient toutes deux dans la cuisine. Le bruit les fit sursauter. Elle répondit à l'interphone, appuya sur le bouton d'ouverture du portail, sortit à sa rencontre. Par la fenêtre Elisabeth vit un grand jeune homme, athlétique, casque sous le bras sourire à Manon en s'avançant vers elle. Comme elle n'avait pas fermé le micro, elle put entendre quelques mots :

— Bonjour Manon ! Je suis vraiment ravi que vous ayez accepté notre rencontre. J'avoue, je n'y croyais guère. J'aurais aimé vous offrir des fleurs mais avec la moto, c'était un peu compliqué. Vous n'en manquez pas, dit-il en montrant le jardin avec la main.

— Je vous ai apporté quelques confiseries orientales.

— Merci, mais il ne fallait pas…

Elisabeth coupa le son, les laissant seuls. Manon n'avait jamais mentionné que le jeune homme était métissé. Elle avait juste parlé à sa grand-mère de ses beaux yeux bleus qui l'avaient séduite. Après les avoir laissés faire connaissance, Henri et Lisa les rejoignirent. Malik se leva, vint à leur rencontre, un grand sourire aux lèvres.

— Je vous remercie de me recevoir. Je me suis permis de rentrer ma bécane dit-il, montrant la moto.

Henri acquiesça, en profita pour lui poser quelques questions sur sa Suzuki flambant neuve. Ils parlèrent de tenue de route, d'adhérence de pneus, de vitesse limitable et réglable... Les discussions allaient bon train. On évita les questions personnelles. Le déjeuner se passa agréablement. Manon, mise à l'honneur, rayonnait. Après le repas, elle proposa à son nouvel ami de découvrir les alentours. Ils se décidèrent pour visiter à moto les villes les plus proches : Senlis à quelques kilomètres, Chantilly à vingt minutes à peine. Manon n'avait jamais enfourché une telle machine. Elle n'était pas très fière...

— Ne t'inquiète pas. Je roulerai doucement. Je ne voudrais pas te perdre en chemin.

Il lui fournit des conseils, lui attacha son casque sous les yeux de ses grands-parents inquiets. Sitôt partis, serrés l'un contre l'autre, l'alchimie opéra. Manon se sentait bien blottie tout contre son corps. Elle volait. Étranges sensations de vitesse, de griserie, de liberté. Des émotions l'envahirent, lui procurant une grande plénitude. Elle ne s'était pas trompée, il était l'élu, l'âme sœur.

Ils visitèrent Senlis et ses remparts, ses rues médiévales, l'ancien château royal, la fausse porte, la cathédrale, l'église Saint-Pierre. Elle évoqua l'histoire de cette église désacralisée, transformée en chapelle ardente après la catastrophe aérienne de 1974 où trois cent quarante six occupants du vol Turkish Airlines 981 perdirent la vie. L'explosion de la soute provoqua la perte de contrôle de l'appareil qui s'écrasa en forêt d'Ermenonville où un monument fût érigé à la mémoire des passagers disparus.

— Ma grand-mère visitait les malades en gériatrie, le dimanche de l'accident quand le plan blanc fût déclenché. Tout le personnel des hôpitaux fut réquisitionné ainsi que les gendarmes, policiers, sauveteurs de l'ensemble du département. Les avertisseurs « deux tons » des ambulances, camions de pompiers, voitures de police envahissaient les rues, alourdissant l'atmosphère, glaçant les sangs. Enceinte de plusieurs mois de mon père Antoine, Lisbeth s'était tenue éloignée des unités d'intervention. Elle s'était dirigée vers La Chapelle de l'hôpital pour communier spirituellement avec toutes ces âmes tourmentées, ces corps disloqués, décharnés. La vie qu'elle portait en son sein la rendant fragile, vulnérable, elle resta tout l'après-midi à prier avant de se décider à rentrer. Henri, inquiet, l'avait cherchée pendant des heures. A la suite de cet épisode tragique, l'église est restée fermée pendant des années. Récemment restaurée, réouverte depuis peu, elle est devenue lieu culturel.

Malik, touché à l'évocation de ce douloureux passé, la serra tout contre son corps. Avant de quitter les lieux, ils admirèrent sa massive tour carrée, son magnifique dôme de style renaissance.

Ils partirent pour Chantilly, flânèrent main dans la main dans le parc du château, marchèrent dans les traces des jardins dessinés par Le Nôtre, témoignages émouvants de l'homme à la nature. Des espaces grandioses, des chemins fléchés les conduisirent jusqu'à l'enclos des kangourous avant d'aller fouler les pelouses du champ de courses et de visiter les écuries. Ils firent un saut de puce au Potager des Princes, savant mélange du monde végétal et animal, une pause thé dans un café, rue du Connétable. Face à face, mains unies, yeux dans les yeux, ils échangèrent leur premier baiser. Un bisou furtif, suivi d'un autre beaucoup plus langoureux. Rien à redire, ces deux là s'étaient trouvés. Leur amour affiché attirait les regards mais pas que… la mixité, la beauté de leur couple interpellait.

Lisbeth constata à leur retour leur réciproque complicité. Elle invita le jeune homme à rester.
— Malik, il est déjà tard. On vous garde pour le souper ?

Il déclina l'offre poliment. Il devait rentrer à Paris pour son tour de garde. Ainsi, Elisabeth apprit qu'il était médecin, plus précisément interne en pédiatrie à l'hôpital Robert DEBRE. Déjà docteur dans son pays d'origine, l'Egypte, il terminait sa troisième et dernière année d'internat. Il allait bientôt pouvoir s'inscrire à l'Ordre des Médecins, exercer en toute légalité. Un parcours compliqué rempli de travail et d'abnégation. Il n'était pas retourné chez lui depuis son arrivée en France. Ses parents, frère et sœur lui manquaient.

Au fil du temps, des rencontres chez Elisabeth et Henri, il se confia.

Son père Naël, juriste avait rencontré sa mère, Laurence professeure, au Caire. Elle enseignait le français, visitait le musée égyptien, trésor d'antiquités, quand il se proposa de lui servir de guide. Avec lui, elle explora les monuments millénaires qui bordent les berges fertiles de la vallée du Nil, le sphinx, les pyramides, la ville de Louxor, le temple de Karnak, ses hiéroglyphes. Ils arpentèrent les rues sinueuses de la ville, ses souks. Ils découvrirent les cafés qui s'animaient le soir, les gens qui affluaient à la tombée de la nuit, place Tahrir. Séduite, conquise, amoureuse, elle l'épousa. Pour le mariage, il fallut obtenir le certificat de capacité remis par le consulat de France, traduit en arabe, respecter la publication des bans. Mariés civilement par l'officier de l'état civil, il fut mentionné dans l'acte que chacun des époux gardait sa religion. Les deux témoins, choisis par son mari, étaient des amis. La famille du marié : parents, oncles, tantes… avait décliné l'invitation.

Quand ils s'étaient rencontrés les tensions étaient grandes après la tentative d'assassinat en Éthiopie de Hosni Moubarak, revendiqué par le groupe armé islamiste. Laurence appréciait de se sentir protégée par son mari dans ce pays à haute tension politique. Elle enseignait à des étudiants pas tous certains, hélas, de trouver un travail, le chômage augmentant au fil du temps. Naël travaillait à la banque du Caire. Il s'occupait principalement de l'exécution, de la conclusion des contrats. Garant du droit, il aimait la rigueur, refusait le désordre social et le chaos. À l'écoute, flexible, il recherchait l'ordre et l'équité. Son physique imposait. Front haut, yeux marrons aux épais sourcils, peau et cheveux sombres, visage allongé donnaient un côté dur qui s'effaçait dès qu'il parlait. Sa voix chaude, de velours vous enveloppait traduisant une grande sensibilité. Il était quelque peu introverti, concentré, souvent perdu dans ses réflexions. Ne maîtrisant pas complètement le français, il restait sur la réserve dans les conversations s'y référant. En famille, il était le père idéal. Sportif, il aimait jouer au golf et au tennis, partageant les cours avec ses enfants, les formant, les entraînant, les suivant dans leurs compétitions. Il aimait Laurence d'un amour inconditionnel, elle était sa femme, la mère de ses enfants. Chaque jour qui passait, il s'en félicitait.

Laurence, éprise de cet homme bon et responsable, dégageait un charisme intellectuel qui séduisait, influençait, fascinait. Ce petit quelque chose en faisait une personne exceptionnelle. Énergique, patiente et généreuse, elle portait son mari, ses enfants sur le devant de la scène et s'effaçait. On ne pouvait cependant pas ignorer cette femme, à la chevelure brune, dense et abondante, aux yeux bleu-gris en amande, à la peau claire. Sa silhouette élancée, sportive, à la démarche décidée, traduisait un dynamisme à toute épreuve. Malik, petit prince né de cette union, profita dès son plus jeune âge d'une double culture qui développa chez lui une grande tolérance politique et religieuse. La transcription de son acte de naissance sur les registres consulaires français lui permit d'obtenir la double nationalité qui simplifia grandement son intégration. Maîtrisant le français parlé et écrit, il n'eut aucune difficulté à suivre ses cours de médecine. Fille unique, sa mère Laurence, n'entretenait plus de liens avec sa famille française. La mort prématurée de ses parents dans un accident de voiture avait mis fin à toutes relations. Malik était le seul de ses trois enfants à avoir connu ses grands-parents maternels.

— Quand j'étais petit, je venais passer une partie de mes vacances en Bretagne. Il m'en reste quelques images précises, les promenades en bord de mer, la recherche de coquillages au gré des marées, les crêpes sucrées, les galettes au jambon, œuf, fromage, les fêtes au son des cornemuses de la musique celtique. Les soirs mes grands-parents me conduisaient, après mes journées plage, aux manèges. Je m'acharnais à attraper le pompon pour un tour supplémentaire gratuit. Je garde au fond de moi de très bons, très beaux, très doux souvenirs.

— C'est vrai jeune homme, la Bretagne est belle. Nous y avons fait quelques séjours nous aussi sans nous lasser de regarder les levers de soleil derrière l'océan, de suivre les sentiers longeant les falaises, d'écouter le bruit des vagues s'échouant sur les rochers.

— Mahalia et Yassine n'ont pas eu ma chance. Sept et douze ans nous séparent. Ils grandissent là-bas, sans moi et me manquent énormément. Je me sens coupable, parfois, de les avoir abandonnés même si mes parents ont approuvé et soutenu mon choix.

    Choyé par un père et une mère aimants, il était difficile à Malik d'accepter l'attitude des parents de Manon. Il gardait ses interrogations pour lui mais encourageait souvent son amoureuse à prendre des nouvelles.

— Tu dois leur manquer, lui disait-il souvent, appelle-les, ils n'osent pas te déranger.

Tant de sollicitude chez son compagnon l'émouvait. Elle démontrait une grandeur d'âme dont Manon se nourrissait.

Ils avaient chacun un appartement. Ils ne cohabitèrent ensemble qu'à la mi-août pour leurs vacances d'été. La pandémie avait limité les déplacements. Les vols européens avaient repris, les vols internationaux exigeaient la mise en quatorzaine. Malik avait dû surseoir à son retour en Égypte après son internat. Il aurait pourtant aimé partager sa réussite avec sa famille.

L'Oise, où vivait Lisbeth, département tristement célèbre pendant l'épidémie resta longtemps sous étroite surveillance. Il avait été le cluster déclencheur, un enseignant de CREPY en VALOIS en était le premier mort. Inquiète, Manon continuait à visiter régulièrement ses grands-parents. Avec l'avancée en âge, elle les sentait fragiles et veillaient sur eux. L'emploi du temps des jeunes gens, leurs obligations ne leur permettaient pas de se voir aussi souvent que souhaité. Leurs moments volés devaient donc être uniques. Ils mangeaient dans de grands restaurants gastronomiques, visitaient des musées, fréquentaient les cinémas. Ils se baladaient bras dessus, bras dessous à Montmartre, dans le quartier latin, le long de la Seine, du canal Saint Martin. Ils soupaient en nocturne sur les bateaux-mouches pour donner à leur mini croisière un côté féérique. Ils embarquaient au pont de l'Alma, redécouvraient les grands monuments de la Capitale, Tour Eiffel, Musée du Louvre, Tour Saint Jacques, Cathédrale Notre Dame privée de sa flèche, Conciergerie. Ils se laissaient glisser sous les nombreux ponts emblématiques de la Seine : Alexandre III, Pont Neuf, Carrousel, Pont Royal… la ville lumière se dévoilait à eux dans toute sa splendeur.

Malik, bel et grand jeune homme, athlétique, métissé aux yeux bleus, bouche pulpeuse, lèvres charnues, cheveux légèrement crépus, barbe et moustache finement taillées, séduisait. Sportif, il partait faire ses footings au parc Montsouris, le long du canal de l'Ourcq, dans les allées du Jardin des Tuileries ou sur les quais de Seine. Ses joggings quasi journaliers l'aidaient à évacuer le stress lié à son métier, lui aéraient l'esprit, allégeaient ses pensées, lui vidaient la tête. Il en retirait toujours beaucoup de plaisir. Il décida sa belle à le suivre. Sa prestance imposait. Responsable, sensible, fidèle, disponible, il aimait partager, surtout en amour, avec sa petite colombe. Il profitait de la vie. Il marchait à côté de sa femme ; leur entente était parfaite. Dans son travail, il était rigoureux, précis, observateur. Manon le qualifiait de « doux artisan de la santé » de « bienfaiteur de l'humanité ». Elle l'admirait. Ses longues semaines, parfois cinquante heures, ses gardes, il les oubliait dès qu'il franchissait les portes de l'hôpital pour être à l'écoute de sa bien-aimée.

Manon, elle, fréquentait régulièrement les salles de fitness proches de l'hôpital avec ses collègues. Elle puisait dans ses efforts physiques les ressources nécessaires pour accomplir quotidiennement son travail, en toute sérénité. Longue jeune fille blonde, yeux bleus, peau claire aux joues rosées, nez court et petit, elle ressemblait à un elfe, volant dans les airs, quand elle suivait en courant son chéri. Discrète, calme, objective, diplomate dans son travail, elle détestait les conflits. Consciencieuse et méthodique, elle était appréciée dans son équipe. Gentille, sensible, elle prenait souvent des tours de garde supplémentaire pour rendre service.

Ils étaient jeunes et beaux, heureux comme jamais quand ils étaient venus pour l'anniversaire d'Henri. Ils avaient partagé le repas de la Toussaint, en ce premier jour de novembre. Un franc soleil automnal leur avait permis de manger dans la véranda. Malik appréciait cet homme chaleureux et les moments partagés.
— Henri, nous trinquons à ta santé.

Une coupe de champagne pour marquer l'événement, quelques parties de tarot après le déjeuner avaient ravis les quatre convives. Henri échangeait facilement. Son humour taquin, ses mots d'esprit fascinaient. Toujours bienveillant, généreux, optimiste, il aimait recevoir. Épicurien, son visage rond ouvert, aux joues pleines, rebondies invitait à partager une bonne table, apprécier un bon vin. Il restait cependant démuni si quelque chose allait mal. C'était alors sa Lisa qui compensait. Lisbeth se réjouissait du bonheur affiché par ses petits. Malik était devenu son ouaille depuis que sa princesse l'aimait.

Leurs regards, leurs sourires, leurs gestes, leurs petites attentions remplissaient d'allégresse son cœur de grand-mère. L'après-midi était bien avancé quand ils enfourchèrent le bolide pour rejoindre la capitale. Ils avaient pris la moto pour en profiter une dernière fois avant l'installation des grands froids. Elisabeth ne pouvait s'empêcher de trembler quand elle voyait sa petite puce grimper sur cet engin.

— Soyez prudents, mes petits. Surtout vous m'appelez en arrivant.

Malik la rassurait

— Ne vous inquiétez pas, Lisbeth, je roule toujours doucement quand Manon est avec moi.

Les jeunes gens franchissaient le dernier carrefour pour rentrer chez eux quand la collision eut lieu. Une voiture grilla le feu rouge, percuta l'arrière de la moto qui glissa sur plusieurs mètres avant de s'immobiliser. Malik cramponna les poignées pour rester en selle. Manon fut éjectée, rebondit sur une voiture avant de s'écraser au sol. Sa tête heurta la bordure de trottoir. Dans les voitures immobilisées, certains qui n'avaient rien vu, klaxonnaient de concert. Malik réussit à se dégager en soulevant l'engin. En boitant, il se dirigea rapidement vers l'attroupement qui s'était formé et grossissait. Il joua des coudes :

— Je suis médecin, laissez moi passer, hurlait-il.

Quand il vit sa Manon, inerte, sans réaction, une main lui serra la gorge à l'étouffer. Devant l'urgence, il se ressaisit :

— Ne la touchez pas ! Quelqu'un a appelé une ambulance ?

Il souleva la visière de son casque pour lui donner de l'air, lui prit le pouls, mis sa main sur sa bouche pour sentir son souffle, avant de la mettre délicatement en position de sécurité.
— Mon Amour, tu m'entends ? On va te tirer de là. Les secours arrivent.

L'urgentiste s'approcha. Le brancard suivait. Impossible sous sa veste en cuir d'évaluer les dégâts. Son jean était tout taché de sang. Les gendarmes demandèrent au jeune homme de les suivre pour le constat mais il ne pouvait se résoudre à la laisser s'en aller. Arrivés au camion des secouristes, ils lui demandèrent ses papiers, ses clefs de moto. Il était urgent de fermer le réservoir, de déplacer l'engin pour rétablir la circulation.
— Voilà ce que nous allons faire ; nous allons rassembler les témoignages. Demain vous passerez au poste signer votre constat. Nous vous laissons accompagner votre amie à l'hôpital. Soyez courageux. Bonne chance.

Il grimpa à l'arrière du véhicule, téléphona à Bichat dans le service où travaillait Manon. On les y attendait. Tout était mis en place à leur arrivée. On l'emmena en salle d'examen. Il fallait faire « l'état des lieux ». Le chef de service constata les dégâts, abolition de la conscience, de la vigilance. Aucune réponse, réaction aux stimuli externes. On la plaça sous ventilation artificielle. Le scanner détecta un enfoncement osseux à la jonction cranio-cervicale avec œdème pouvant entraîner une compression du cerveau. L'électro-encéphalogramme était très per-

turbé. Impossible de connaître les lésions cérébrales encore moins les conséquences neurologiques et psychologiques. A l'échelle de Glasgow servant d'indicateur à l'évaluation du score pour les traumas crâniens, on diagnostiqua un coma au stade trois, profond pouvant évoluer vers un stade quatre, irréversible ou un stade deux, de réveil. Il fallut intervenir d'urgence sur la jambe gauche. L'artère était à nu. On dût lui enlever la rate éclatée. Devant le bloc opératoire Malik attendait. Il téléphona à Elisabeth qui hurla de douleur. Le chirurgien sortit.
— Nous avons fait au mieux pour la greffe de la jambe. Si la cicatrisation se passe bien, les séquelles s'estomperont avec le temps. Il faut surveiller l'œdème cérébral. Pas d'hémorragie intracrânienne. Pour les lésions médullaires, seul le temps nous dira. Vous devriez aller vous reposer, on la surveille.

Malik quitta l'hôpital comme un somnambule. Dans sa tête toujours les mêmes mots tournaient en boucle : c'est ta faute, c'est ta faute, c'est ta faute... Comment avait-il pu lui faire ça ! Il l'aimait tant.
— C'est moi qui devrais être à ta place, mon pauvre amour !

Le jour suivant, il s'arrêta au poste de police. Le commissaire lui demanda de relater les faits, comme il s'en souvenait.
— Le feu était au vert quand je me suis engagé dans le carrefour. Je n'ai rien remarqué de particulier. J'ai senti un choc à l'arrière, la moto s'est couchée. Par réflexe, j'ai freiné fort pour bloquer la roue, donné un coup de guidon pour éviter les voitures. J'ai senti les

bras de Manon desserrer l'étreinte. La moto s'est arrêtée. Ma jambe était coincée, je me suis dégagé. C'est en me relevant que j'ai vu l'attroupement. J'ai cherché Manon…
Il ne put continuer. Le commissaire lui fit signe de s'arrêter.
— Votre témoignage conforte les éléments recueillis auprès des témoins. Nous avons la vidéo d'un touriste. Nous recherchons le chauffard qui s'est enfui. Nous l'avons identifié. Ce n'est qu'une question de temps pour l'arrêter. Nous vous tiendrons au courant. Vous pouvez signer votre constat. Sachez que vous n'êtes aucunement responsable.

Dans d'autres circonstances cela lui aurait fait plaisir, mais là… Il partit chercher Lisbeth et Henri à la Gare du Nord. Comment leur faire accepter la fatalité, l'inéluctable. La vie de leur petite fille était en jeu. Ils se rendirent ensemble à l'hôpital. Les visites étant interdites, ils purent la voir derrière la vitre. Manon, allongée sur son lit, yeux fermés, était noyée au milieu de machines, tuyaux, seringues reliées à des cathéters. Un scope, écran géant, permettait de suivre en permanence ses constantes : rythme cardiaque, taux d'oxygénation, tension artérielle, température. Malik en sa qualité de médecin put entrer dans la salle de réanimation avec une blouse, une charlotte et un masque. Hagard, il arpenta la pièce sans la quitter des yeux.
— Pardon ma chérie ; je t'ai fait du mal mais tu ne peux pas m'abandonner. Tu dois me revenir. Je ne peux vivre sans toi, mon amour. Je t'attends.

Il sortit. Dans les bras d'Elisabeth, ils mélangèrent leurs larmes. Henri les étreignît. L'équipe médicale les rejoignit. Après les avoir un peu rassurés, sans se prononcer, ils vantèrent les qualités et mérites de Manon connue et estimée de tous dans le service.

— Votre petite fille est courageuse. Elle va se battre. Pour l'instant, il est préférable que vous n'entriez pas dans la chambre. Elle est en asepsie à cause des opérations. Dans huit jours, elle sera transférée. Vous pourrez venir, sans contrainte d'horaires. Nous sommes là, vous pouvez nous téléphoner quand vous voulez.

Malik les raccompagna dans le quartier latin. Ils roulaient dans la Mini Cooper de Manon, son parfum était partout. Les grands-parents avaient décidé de s'installer dans l'appartement de leur fils.

— Je vous tiendrai au courant dès que j'aurai d'autres nouvelles. Essayez de vous reposer un peu.

Manon resta dans le coma quarante deux jours. Une éternité…

Elisabeth, accompagnée parfois d'Henri, passait ses après-midis auprès d'elle. Elle lui parlait du passé, de leurs souvenirs communs mais surtout de l'avenir.

— Tu te souviens, nous devons aller à la Baule. J'attends que tu me dises quand.

Elle espérait, sur son visage, un signe. Elle massait ses mains, ses pieds avec une huile pour en diminuer la sécheresse, éviter les escarres. Elle guettait une légère pression des doigts, le relèvement d'un orteil.

Elle apportait des Clefs USB chargées de musique, enregistrées par ses parents pendant leurs tournées. Elle avait décoré la chambre de photos de son jardin, de sa maison où on voyait une jeune femme pleine de vie. Elle priait, recueillie, implorant la Vierge Marie de lui laisser sa petite :
— *Sainte Marie, mère de Dieu, Jésus le fruit de tes entrailles est béni, toi qui a vécu la crucifixion de ton fils bien aimé, comprends ma douleur, laisse-moi ma petite Manon.*

Une icône de la Vierge de tendresse à l'enfant Jésus, peinte à la main, façon art byzantin, trempée à l'œuf et feuille d'or sur bois, avait été accrochée au mur, face au lit. Elle avait demandé le consentement à son ami. Il n'attachait que peu d'importance à la religion. Si ses croyances pouvaient aider et, par mimétisme sa Manon, il ne fallait pas s'en priver. Quand Malik arrivait, elle s'éclipsait.
— Je vous abandonne. Je dois passer à la pharmacie, faire quelques courses.

Elle les laissait seuls. Elle savait que pour le jeune homme il lui était difficile de se libérer de ses obligations professionnelles. Il s'installait alors tout près d'elle, lui récitait ses poèmes préférés de Louis Aragon, Verlaine, Lamartine, Alfred de Musset, Victor Hugo. Il puisait dans ses poèmes d'amour les mots qu'il lui réservait :
— pour toujours
— aime-moi
— l'amour nous fait trembler
— à ton réveil

— ce qui dure
— le baiser
— l'âme
— le serment
— je respire où tu palpites…

Il restait persuadé qu'elle l'entendait ; il voulait tant y croire, espérait, cherchait un signe. Le jeune homme vivait un calvaire. Il ne pouvait se résoudre à voir sa belle sur ce lit d'infortune. Quelle injustice ! Il se mortifiait.

La police lui apprit que le chauffard responsable de l'accident n'avait pas de permis de conduire donc pas d'assurance. Il devait être ivre ou sous l'effet de stupéfiants, ce qui expliquerait sa fuite. Faits impossibles hélas à établir. Le commissaire lui conseilla, pour la défense des intérêts de Manon et des siens, de prendre contact avec un avocat spécialisé dans l'aide aux victimes. Il lui donna l'adresse d'une association de soutien aux personnes accidentées de la route.

— Vous devez faire valoir vos droits. Personne ne peut présager des séquelles. Sans assurance, le parcours risque d'être compliqué. Ce sera le fonds de garantie des assurances obligatoires de dommages, le FGAO, qui versera l'indemnisation. Mieux vaut être bien représenté, je vous le dis !

Après quarante deux jours, alors que Malik était passé le matin en réanimation pour lui dire bonjour, il aperçut une perle au coin de son œil qu'il baisa. Il lui prit la main, reçut une très légère pression. Nul doute, elle réagissait. Enfin ! Il sortit à la recherche de Paul, le kinésithérapeute. Il voulait avoir la confirmation qu'il ne rêvait pas. Toute l'équipe médicale suivit. Ils confirmèrent ses observations. Paul ajouta, à l'attention de Manon :

— Nous avons du travail à faire ma toute belle, Je ne vais plus te lâcher, il faut que tu nous rejoignes vite.

Le téléphone résonna chez Lisbeth pour annoncer la formidable nouvelle. Elle resta sans voix avant de murmurer un presque inaudible… merci !

Les tests réflexes de Babinski, de la moue, des points cardinaux, de préhension… se révélèrent normaux éliminant toute paralysie. Elle mit du temps à sortir de sa léthargie. Elle s'asseyait à l'équerre, propulsée par une force démesurée avant de se laisser retomber, inerte, comme un pantin. Ses bras, ses mains, dessinaient des mouvements désordonnés, brassaient l'air. Elisabeth était effrayée. Malik la rassura :

— C'est normal, son corps est une machine qui se remet en route. Elle va devoir se réadapter à la marche, au lever, à manger. Elle devra se ré-autonomiser. Ça va aller ! Il nous faut juste être très patient, la soutenir, l'encourager.

Elisabeth rejoignit l'appartement. Elle s'effondra dans les bras d'Henri rentrant tout juste de leur maison. Il était parti voir le voisin qui s'occupait du chien.

— Pourquoi pleures-tu Lisa ? Tu m'avais dit que Manon était réveillée !

— Henri, on ne peut pas appeler cela un réveil ! Elle ouvre à peine les yeux, ne nous voit pas, ne parle pas. Elle a toujours sa sonde digestive pour la nourrir. Ils ont juste enlevé l'intubation pour la respiration. Malik dit que tout va bien mais je ne peux y croire. Hier, inerte sur son lit, elle semblait dormir, ne souffrait pas. Mais là… Elle bouge comme une marionnette désarticulée. Elle est si amaigrie, si frêle notre petite colombe.

Henri la laissa s'épancher. Ils parlèrent jusque tard dans la nuit de leur petite fille, évoquèrent sa détermination, ses choix toujours judicieux, sa force. Même si l'avenir était source d'incertitude, il existait. La fin de semaine apporta du mieux. L'agitation avait presque disparue. La conscience s'installait. Les médecins instaurèrent un programme de rééducation. Les objectifs étaient précis en matière de mobilité, de fonctionnement cognitif, d'autonomie. Le travail se focalisait sur les buts à atteindre. Véritable marathon ! L'itinéraire pouvait durer de cinq mois à deux ans avec des hauts et des bas. Il était préférable de l'oublier. Lisbeth sentit au fil des jours sa petite puce très angoissée à la vue de ce qu'elle découvrait avec sa conscience partielle. Aucun souvenir réel de ce qui s'était passé : le trou noir. Elle relatait des sensations étranges de s'être vue enfermée, chercher en vain une porte de sortie. Elle évoquait la perception de voix feutrées, de musique douce qui cherchaient à franchir son mur. Elle savait, par expérience, qu'elle devrait faire son deuil de sa vie d'avant pour avancer vers sa reconstruction. Ses forces musculaires affaiblies par l'alitement, les mobilités articulaires ralenties rendirent le retour à la marche long et difficile. Avec l'aide d'un ergothérapeute il fallut réapprendre la coordination et l'équilibre. Passer du lit au fauteuil, à la chaise, déambuler d'une marche saccadée dans les couloirs s'avéraient être des étapes importantes qui l'épuisaient. Réapprendre à manger, avaler sans fausses routes n'étaient pas non plus choses aisées. Avec l'aide d'une orthophoniste elle apprît à placer sa voix. Les intubations, les sondes avaient fragilisé les cordes vocales, ralenti l'élocution. Manon connaissait toutes les étapes de sortie de coma, les vivre étaient une toute autre histoire. Elle se trouvait si diminuée physiquement et psychologiquement qu'elle ressentait des sentiments de stress, de panique, d'angoisse, de peur, de méfiance qu'elle chassait mais qui perduraient au fil du temps. Ces troubles de l'humeur, ses pertes de confiance résonnaient en elle modifiant ses relations avec ses proches. Avec Malik, elle avait du mal à évoquer ses interrogations, ses doutes. Elle se sentait terne, moche, sans attrait. Elle aurait voulu qu'il ne vienne plus. Il ne devait pas s'encombrer d'une personne comme elle, inutile, sans intérêt. Elle détournait les conversations faisant appel à leurs souvenirs communs prétextant que l'accident l'avait rendue mnésique. Le jeune homme pensait qu'elle lui en voulait. Il se sentait responsable de son état de déprime et culpabilisait.

Après six mois, elle demanda à sa grand-mère d'accepter son retour à la campagne, la priant d'accélérer sa sortie. Rien n'interdisait de faire sa rééducation à domicile. Lisbeth était désemparée. Elle se décida à parler sérieusement à Manon en franchissant les portes de l'hôpital, ce jour là. Elle venait à peine d'arriver. Elle vit Malik entrer, accompagné. Il présenta sa mère Laurence aux deux femmes, surprises.

— Bonjour Mesdames. Malik m'a invitée pour quelques jours. Ma première sortie est pour vous ma petite Manon. J'avais tellement hâte de vous connaître. Je ne vous dérange pas ?

La jeune femme interloquée, chercha le regard de son compagnon. Elle essaya de se recoiffer avec les mains, tira la couverture à elle, s'enfonça au fond de son lit. Face à cette femme élégante, en tailleur, au chignon tiré à quatre épingles, elle se sentit fade et laide. Un flux de larmes inonda son visage qu'elle cacha sous le drap. Anéantie par tant de désespoir, Elisabeth entraîna Laurence dans le couloir, laissant les jeunes gens seuls.

— Que se passe t-il, mon amour ? Je n'ai pas voulu te parler de la venue de ma mère car rien n'était certain. Elle a déjà différé deux fois. La première à cause de la pandémie, la deuxième parce que mon petit frère s'était cassé le bras, la veille de son départ. J'ai préféré ne pas t'en parler. J'avais cru comprendre que tu étais impatiente de la connaître. J'ai eu tort ?

La jeune femme comprit la stupidité de sa réaction. Elle était devenue hypersensible. Un rien la bouleversait.

— Non, non, je suis ravie mais si j'avais su, j'aurais pu m'arranger… un peu.
— Il n'y a rien à changer, tu es si belle.

Il la serra dans ses bras, déposa de petits bisous sur ses yeux, ses joues, s'attarda sur ses lèvres pour un long et passionné baiser. Le séjour de Laurence passa extrêmement vite. Elle venait chaque jour rendre visite à Manon. Elle lui parla de ses difficultés d'intégration dans la société égyptienne, de la peine ressentie pour Naël, son mari exclu du cercle familial à son mariage. Son père était mort sans avoir revu son fils, sans connaître ses petits enfants. Si son époux n'en parlait jamais, il en souffrait.
— J'ai appris la tolérance à mes enfants, le respect de la différence. Ils ont tous les trois une grande ouverture d'esprit, ils ont grandi dans un environnement ouvert et sans jugement. Il nous était difficile de répondre à leurs interrogations sur le comportement de leurs grands-parents. Ils ont cherché les réponses eux-mêmes. Malik et sa sœur ont essayé de se rapprocher d'eux. Ils leur ont écrit, téléphoné mais ils sont restés sourds. De leur mutisme, les enfants ont tiré une force, une ouverture d'esprit. La beauté du monde ne réside t'elle pas, ma fille, dans le fait que nous sommes tous différents ?

Elle comprit qu'elle serait la bienvenue dans la famille ; elle était attendue en Egypte en invitée privilégiée dès que son état de santé le permettrait.
— Mahalia est pressée de faire ta connaissance et d'avoir une amie, une confidente. Pourquoi pas une sœur ?

Malik appréciait leur complicité. C'était pour comprendre le changement de comportement de sa bien-aimée qu'il avait demandé à sa mère de venir. Lisbeth s'était faite discrète, laissant les deux femmes, seules, le plus souvent possible. Le soir, quand le jeune homme prenait la relève, elle l'invitait à manger dans le quartier latin. Parfois, elles allaient, avec Henri, au restaurant. Leurs conversations tournaient autour de Manon mais pas que…. Laurence en profitait pour renouer avec son pays de naissance : la cuisine, la culture, la politique. Elle était curieuse de tout. Elle parlait de son fils dont la réussite la rendait si fière. Elle se réjouissait que les jeunes gens se soient trouvés, aimés.

— Malik ne cesse de vanter les mérites de votre petite fille. Il est très amoureux ; ça devrait finir par un mariage… Qu'en pensez-vous ?

Après trois semaines, le départ de Laurence laissa un grand vide. Lisbeth n'avait pu obtenir l'autorisation prématurée de sortie pour Manon. Les médecins accordèrent des week-ends prolongés de trois jours à la maison, deux fois par mois en juillet et août. Manon en profitait pour se reposer au soleil et lire. Couvée comme jamais par ses grands-parents et Malik, le malaise s'installa. Allaient-ils continuer à la voir comme une petite chose fragile ? La rééducation se terminait. La marche était quasi-normale. Persistait une lenteur de réaction dans les mouvements des mains qui affolait Manon quant à son devenir. Elle se sentait incapable de reproduire un jour les gestes de précision demandés pour son travail d'infirmière anesthésiste. Un expert médical, mandaté par le tribunal, se présenta, fin août, dix mois après l'accident. Il était chargé de qualifier et quantifier l'ensemble des préjudices subis, de fixer éventuellement le taux d'incapacité pour la victime. Cet examen clinique, la prise de connaissance des pièces remises par le corps médical et discutées, le listage des séquelles invalidantes la perturbèrent au plus haut point. Elle ne voulait plus parler de tout ça. Qu'on la laisse vivre ! Elle reçut le rapport d'expertise en septembre. La possibilité d'exercer son métier était largement remise en question. Classée en invalidité professionnelle, catégorie un, elle était devenue une personne capable d'exercer une activité rémunérée, mais plus la sienne. L'I.P.P. invalidité permanente partielle lui permettrait de reprendre un travail à mi-temps après consolidation des examens médicaux à sa sortie.

Manon ne trouvait plus le sommeil. Son irritabilité allait grandissant. L'avant-veille de sa sortie, elle s'habilla en catimini, commanda un taxi, partit en laissant sur son chevet trois lettres.

- La première pour remercier le corps médical, le décharger de sa responsabilité dans sa sortie sans autorisation.

- La deuxième pour Lisbeth :

*« Ma chère Lisbeth. J'imagine la peine immense qui sera tienne quand tu liras ma lettre. Depuis des jours et des jours, je cherche une solution pour me sortir au mieux de ma situation. L'expert a confirmé qu'il me sera impossible de reprendre ma vie d'avant. Je*

dois faire le point et chercher des solutions. Votre trop grande sollicitude me conforte dans l'idée que je dois trouver ma nouvelle voie, seule. Tu as une procuration, tu feras au mieux pour l'indemnisation. Je te fais entièrement confiance. Je vous reviendrai quand je serai en adéquation avec moi-même. Ne me cherchez pas. Préviens papa et maman. Prenez soin de vous. Je vous aime – votre Manon. »

- La dernière pour Malik, la plus difficile à écrire :

« Mon Amour. Je ne suis plus la femme que tu as connue et aimée. Tu n'es en rien responsable, ni de l'accident ni de ma décision de partir aujourd'hui sans t'en avoir parlé. Les moments que nous avons vécus et partagés sont uniques. Je les emporte avec moi. Un jour, je reviendrai. Si tu es libre, je te contacterai. Ne m'attends pas. Vis ta vie. Merci de ta patience. Pardonne-moi, si tu peux. Adieu mon bel amour. Ta Manon. »

Lisbeth lut sa lettre et resta consternée. Elle appela Malik pour lui dire que Manon s'était enfuie. Il ne pouvait y croire. Elle avait dû mal comprendre. Cette fuite ne pouvait être qu'une fugue passagère. Elle prit la lettre qui lui était destinée. Elle l'informa qu'elle l'attendait à l'appartement pour la lui remettre. Elle surveillait la rue, le vit arriver, lui ouvrit la porte avant qu'il ne sonne. Elle lui tendit le mot à contre cœur tout en le guidant vers un fauteuil. Il arracha l'enveloppe, blêmit, s'effondra dans ses bras. Comme après l'accident, ils mélangèrent leurs larmes et leur tristesse. Même si leurs douleurs étaient insupportables, elle vivait ! Ils n'avaient plus qu'à espérer un retour rapide.

Manon avait pris un hôtel à Versailles. Elle n'y connaissait personne. Elle avait dans son sac son ordinateur. Sitôt arrivée dans sa chambre, par internet, elle changea toutes ses coordonnées personnelles, son numéro de téléphone, ses adresses mail, ses comptes Facebook et Twitter. Décidée à partir loin, elle fit des recherches sur l'aide humanitaire. Infirmière avant tout elle voulait le rester. Elle examina toutes les propositions de travail de par le monde. Elle se décida pour l'Afrique, le continent le plus pauvre. Le Sénégal : on y parlait français. Ce pays de l'Afrique de l'Ouest recherchait des volontaires pour un projet de santé. Manon lut avec bonheur le résultat de ses recherches :

Description détaillée du projet :

Pays d'action : Sénégal
Type d'activité : médecine générale, soins infirmiers, sage-femme
Durée minimale : 2 semaines
Durée maximale : 12 mois, pouvant être reconduits
Âge minimum : 18 ans
Âge maximum : 99 ans

Dans d'autres circonstances, cette annonce l'aurait fait sourire. Elle n'était pas très exigeante ! Elle localisa géographiquement le pays : trois mille huit cent cinquante six kilomètres de la France… Parfait ! La mission débutait dans trois semaines. Elle téléphona. On lui donna rendez-vous pour discuter de l'engagement : prévention de la malnutrition avec prise en charge des femmes enceintes et des enfants de moins de cinq ans. Cela convenait parfaitement à ses desiderata. Pas trop de pression. Elle laissa passeport, copies de permis de conduire et diplômes. Pour son adresse, elle mentit en disant qu'elle avait rendu les clefs de son appartement ; elle était sans domicile fixe. On n'était pas très regardant ; toutes les bonnes volontés étaient acceptées. Avec ses références, la Croix Rouge gagnait le gros lot.

Elle prit un congé sans solde avec BICHAT. En urgence, elle se fit vacciner contre la fièvre jaune, la méningite, la rage. Elle glissa dans sa valise le traitement pour le paludisme. Elle se documenta sur ce pays qu'elle connaissait si mal. Elle apprit que la malnutrition aiguë sévère qui sévissait touchait un enfant sur cinq. Elle affectait plus de deux cent mille personnes dans les départements de Podor, son lieu d'affectation, Ranérou, Kanel et Matam. Localisé au nord de Saint Louis, situé au bord du fleuve Sénégal, relié à Dakar par la route, son département de mutation était facilement accessible. Autrefois région fertile, l'avancée de la désertification, de la déforestation galopante en avait fait la zone la plus touchée par la malnutrition. Depuis 1970, les greniers se vidaient. Les cheptels se décimaient. Des animaux décharnés : bovins, ovins cherchaient en vain de l'herbe inexistante. Avec la diminution voire l'absence de bétail, les bergers n'avaient plus de moyens de subsistance. La situation climatique était dramatique. Les faibles précipitations, les pénuries d'eau, augmentaient les coûts de toutes les denrées alimentaires. La Croix rouge française, jumelée avec La Croix rouge locale, distribuaient riz, lait, viande, farines enrichies. L'aide demeurait insuffisante.

Le jour dit, elle se rendit à l'aéroport de Roissy Charles de Gaulle pour rejoindre les membres de la mission : chirurgien, sages-femmes, médecins généralistes, infirmières. Les points d'affectation différaient. Le chirurgien allait en poste à Dakar ; deux équipes médicales : sage-femme, médecin et infirmière partaient pour les dispensaires de Podor et Matam. Le reste du personnel itinérant, axé sur la prévention, n'avait pas de localisations définies. Après six heures de vol, ils débarquèrent à Dakar.

— Mesdames, Messieurs, le commandant de bord vous annonce notre atterrissage sous une température de vingt huit degrés. Bon séjour au Sénégal.

On était en octobre.

Trois convois à l'effigie de La Croix Rouge, attendaient. Sacs de riz, farines, lait en tubes, barres de céréales, biscuits vitaminés, vaisselle, casseroles mais aussi vaccins, pansements, antibiotiques, antiseptiques, compresses, sparadraps, sirops, instruments de chirurgie, stéthoscopes, scanners, échographes portables, incinérateurs médicaux, tables de consultations attendaient de sortir de soute. Le déchargement allait prendre des heures avant la répartition dans les camions. Les bénévoles passèrent leur première nuit à l'hôtel Ibis du centre ville. Après avoir admiré les magnifiques bougainvillées à la fenêtre de la chambre climatisée, Manon s'effondra. Un réveil programmé à l'aube ramena tous les volontaires aux véhicules. Ils démarrèrent illico presto. En voiture climatisée, l'équipe suivait le convoi. Ils empruntèrent la nationale deux pour quatre cent quatre vingt quinze kilomètres. Le convoi passa Saint Louis, Richard Toll facilement. La route devint de plus en plus mauvaise de Taredji à Podor. Hommes, cargaisons étaient durement secoués. Nombre de voitures, taxis, bus étaient en panne sous la chaleur. Ils stoppèrent devant le centre de santé. Le poste sanitaire nouvellement construit se composait d'un dispensaire, d'une maternité, de deux logements. Le projet portait sur une estimation de trois mille cinq cents consultations et de cent cinquante accouchements par an. Un programme de vaccination, de suivi pré et post natal devait être rapidement mis en place. Il fallut tout décharger. On fit appel à la main d'œuvre locale. La mise en place du matériel médical demanda les compétences des trois membres de l'équipe : Olivier, le médecin ; Astrid, la sage-femme et Manon, l'infirmière.

Astrid et Manon devaient cohabiter. L'appartement privé étant réservé au médecin. Chambres, cuisine, douche étaient sommairement meublés. Le mobilier : armoire, commode, lit, table, chaises en pitchpin jaune et ciré créait une ambiance monacale. Ce dépouillement convînt aux deux femmes qui n'étaient pas là pour faire du tourisme ; de longues journées les attendaient. Un lit pour dormir, un coin pour manger, tout était pour le mieux. Elles avaient sympathisé pendant le voyage, s'étaient un peu confiées. Astrid, âgée d'une quarantaine d'années, était lesbienne. Une histoire douloureuse de rupture l'avait amenée à s'enfuir. Sans s'étendre, Manon avait raconté son accident sans parler de Malik. Il était dans son cœur, le resterait. Elle avait évoqué ses interrogations, ses questionnements sur la vie, la mort, sa volonté de ne dépendre de personne, ses croyances, ses réflexions. Elle ressentait depuis sa plus tendre enfance une compassion pour les plus démunis. Il y avait du travail à accomplir dans ce coin perdu, abandonné de tous. Elle sortit de sa petite valise l'icône de la Vierge de tendresse à l'enfant Jésus qu'elle accrocha au-dessus de son lit. Elle l'avait mise dans son sac, avec son ordinateur, en s'enfuyant de sa chambre d'hôpital.

Astrid la regardait faire, un sourire moqueur au coin des lèvres :
— Tu crois à toutes ces conneries ? Moi, je suis athée.

Manon ne répondît pas, les questions délicates de religion étant à éviter. A Chacun sa liberté de penser.

Des consignes pratiques leur avaient été données ; elles étaient restreintes :

- Ne pas boire l'eau du robinet sans l'avoir désinfectée avec une pastille de purification.
- Ne pas patauger dans les eaux stagnantes parasitées.
- Éviter le soleil au zénith, porter chapeau, T-shirts, lunettes.
- S'enduire de crème solaire. (Manon, avec sa peau claire, fragile en avait tout un stock).

Au troisième jour de leur arrivée, les consultations commencèrent ; le médecin s'installa au dispensaire,

La sage-femme avec sa blouse rose à la maternité. Manon répondait aux urgences de l'un et de l'autre.

Olivier, grand échalas aux mouvements dégingandés affichait une très grande détermination. Concentré et sérieux, ses yeux pétillaient de bonhomie. Son large sourire, enjôleur, embobinait les plus récalcitrants. Il venait de terminer son internat. Diplôme en poche, ne se décidant pour aucune spécialité, il voulait revenir à l'essence de la médecine telle que définie dans le serment d'Hippocrate : des soins pour tous, surtout pour les plus démunis.

Astrid, sage-femme depuis quinze ans respirait la santé. Un léger embonpoint n'empêchait pas la réactivité et la vivacité des gestes. Fervente adepte du MLF, elle marchait dans les pas d'Antoinette Fouque pour l'abolition de la puissance paternelle, l'égalité entre les hommes et les femmes, l'IVG et la parité. Cheveux courts à la garçonne, épaules carrées, mains larges, elle affichait une solidité à toute épreuve. Son regard perçant sondait votre âme en un rien de temps. Ses joues rebondies donnaient envie. Son rire tonitruant communicatif résonnait, retentissait, arrangeant des situations parfois délicates.

Tôt le matin, une longue file d'attente s'était formée. Patientaient des femmes très jeunes, revêtues de boubous colorés, coiffées de moussors élégamment noués sur la tête. La plupart accompagnées d'enfants : Les plus petits portés en écharpe dans le dos. Les autres en shorts, babouches pleurnichaient ou jouaient. Manon se réjouissait de faire partie de cette équipe, jeune et dynamique. Elle se satisfaisait du travail accompli au fil des semaines. Le temps passait à grande vitesse. Sa dextérité manuelle était revenue. Ses gestes étaient précis et rapides. Elle n'avait pas eu à gérer de gros actes médicaux. Elle éduquait les femmes à la contraception, à l'hygiène, sensibilisait et agissait contre le sida. Elle organisait des petits déjeuners équilibrés pour les enfants et les femmes enceintes. Chaque semaine, des distributions de riz, farines, fruits, boissons vitaminées mais aussi de semences résistantes, d'outils étaient organisées. Le creusage et la réhabilitation des puits avaient diminué le fardeau des femmes qui n'étaient plus obligées de faire des kilomètres pour irriguer les parcelles de terre. Elles disposaient de ce fait d'un peu plus de temps pour se faire suivre au centre.

Après son travail, Manon aimait se promener seule, longer les berges du fleuve Sénégal. Pirogues, enfants, pêcheurs animaient, égayaient sa balade. On la reconnaissait, on la saluait d'un geste.

— Bonne promenade, Ma, protégez vous, ça tape fort !

Sous un grand baobab, elle s'arrêtait pour rêver, réfléchir. Des pensées pour ceux qu'elle avait abandonnés, qu'elle aimait. Sans en avoir encore fixé la date, elle envisageait et imaginait son retour… Malik l'aurait il oubliée et serait-il marié ? En y pensant son cœur se serrait. Lisbeth et Henri, avaient-ils compris et pardonné ? Et ses parents… Elle allait signer un réengagement pour une année. Si elle avait su son grand-père malade, l'aurait-elle fait ?

Henri, homme discret s'était effacé pendant le coma de Manon. Il avait laissé toute la place à Lisa, bien plus courageuse que lui dans le côtoiement des malades, de la maladie. Dans les hôpitaux, les odeurs, mélanges de désinfectants et de médicaments, l'incommodaient au plus haut point. Quand sa petite disparut, le choc fut terrible. Il se recroquevilla sur lui-même, délaissa son jardin, s'enferma dans son bureau. Quand Malik lui rendait visite, il s'inquiétait de son amaigrissement.

— Vous devriez faire un petit bilan, Henri. Une prise de sang pour le cholestérol, les triglycérides avec une surveillance de l'hypertension et du cœur sont monnaie courante à votre âge. Je vais vous faire une ordonnance.

— Non, non jeune homme tout va bien. J'ai moins d'appétit voilà tout !

Le jeune médecin, apprécié du couple, leur rendait souvent visite depuis le départ de Manon ou leur téléphonait. Ils étaient devenus sa famille de substitution. Parler avec eux de sa bien-aimée qu'il ne pouvait et ne voulait pas oublier, lui faisait du bien. Invité à l'anniversaire d'Henri, deux ans jour pour jour après le terrible accident, ils discutaient avec lui du retour du fils Antoine quand il manifesta des difficultés à respirer suivies d'une perte de conscience. Il tomba le nez dans son assiette. Malik l'étendit immédiatement au sol pour un massage cardiaque. Paniquée Lisbeth téléphona à une ambulance. Après des minutes qui lui parurent interminables Henri se manifesta enfin.

— Je vais le mettre en hypothermie pour atténuer les dommages aux organes vitaux. Il faut protéger le cerveau. Donnez-moi de la glace Lisbeth. Vous avez joint une ambulance, elle arrive ?

Malik accompagna Henri à l'hôpital de Chantilly. Il fit un point précis de la situation au cardiologue : stress, mal-être, diminution de l'activité physique, absence de sommeil. L'hypertension et l'arythmie qui venaient d'être détectées n'avaient pas arrangé les choses….

— Vous vous en tirez bien. Votre ami vous a sauvé la vie. Un traitement suivi, régulier d'anticoagulants et de Cordarone devrait faire l'affaire. Il vous évitera l'A.V.C…Vous sortirez dans deux, trois jours. Téléphonez à mon secrétariat en ville pour planifier votre prochain rendez-vous. Je vous revois dans un mois.

Henri respira profondément. Sans l'avoir jamais avoué, il tenait Malik pour responsable de l'accident de sa petite fille. Il lui en voulait surtout de n'avoir pas su la garder. Il venait de lui sauver la vie. Il eut honte de ses pensées.

— Il serait temps que tu nous reviennes ma petite puce. Je déboussole, murmura t'il.

Quand Manon remonta les berges pour rentrer au poste sanitaire, elle aperçut le fort de cet ancien comptoir colonial qui dominait la ville. Elle y était allée une fois visiter l'exposition. On cheminait le long des Bougainvillées rouges, oranges, violets et des flamboyants. Acacias, baobabs, fromagers bordaient le sentier procurant un peu d'ombre aux courageux promeneurs. Au marché de la ville, qu'elle dépassa et dans les rues, on vendait oignons, poivrons, piments, bananes, goyaves, mangues, melons, oranges et pamplemousses. Peu diversifié tout ça ! Manon rêvait de fraises, cerises, abricots, pêches, nectarines, mirabelles, prunes, raisin.

Devant la maternité, une jeune sénégalaise attendait son retour
— Alors, Ma, cette balade. Pas trop chaud ?

Aida, fille du grand marabout, connue de tous, était une recrue de choix pour le centre. Elle s'était présentée dès leur arrivée pour proposer ses services. Elle voulait apprendre, devenir sage-femme. Curieuse de tout, elle demanda à Manon comment utiliser un ordinateur pour suivre des cours par correspondance. Elle voulait des diplômes, de la reconnaissance. Olivier lui trouva une formation théorique en ligne et l'inscrivit. La pratique, avec Astrid comme professeure, fût parfaite. Elle était sérieuse, courageuse. Elle progressait rapidement. Toujours prête pour désinfecter, nettoyer, incinérer les déchets, elle partait chercher les enfants qui ne se présentaient pas aux vaccins ou les femmes enceintes récalcitrantes. Elle parlait plusieurs dialectes dont le Wolof, le plus répandu et le Serere. Sa présence rassurait, on la craignait, l'écoutait. Son dynamisme était communicatif, l'équipe reprenait ses chansons qu'elle fredonnait partout.

Tournée vers les traditions ancestrales, elle apprit le « damp » à Astrid et Manon : frictions du corps des nourrissons par des massages doux et vifs. Le beurre de karité empêchait les maladies d'entrer, l'huile de touloucouna conjurait les mauvais sorts. Accompagnés d'un étirement de la tête, des bras, ces gestes étaient gages d'un meilleur développement. Sa mise en pratique à la maternité eut le mérite d'attirer les parturientes. Nombre de femmes accouchaient chez elles, dans de très mauvaises conditions. Les bébés morts-nés étaient légion.

Aida collectait toutes sortes de plantes pour en faire des tisanes : antitussives, antipaludiques, antispasmodiques, diurétiques, fébrifuges. Elle partait à la recherche des feuilles médicinales dès le lever du jour, ameutait tout le quartier pour rassembler des femmes volontaires. Après plusieurs heures, elles rentraient, déambulaient dans les rues, de grands paniers posés sur la tête. Les enfants suivaient en braillant. Le contenu des paniers, vidé sur de grandes bâches en toile était mis à sécher. Quelques jours plus tard tout était emballé, étiqueté et stocké. Les infusions, bien acceptées par la population, permettaient d'y adjoindre des médicaments plus appropriés aux maladies : antibiotiques, anti-inflammatoires, antihistaminiques… L'action conjuguée des décoctions et des médicaments faisait miracle !

Depuis plusieurs semaines, elle initiait nos deux françaises à la cuisine locale. Le Thiebou Diene, riz au poisson, le Yassa au poulet, le Dem au poisson farci, le Thiou aux crevettes n'avaient plus de secrets pour elles. Au fil du temps, elles s'étaient familiarisées aux mélanges des saveurs arabes, portugaises, hollandaises, françaises. Olivier s'était spécialisé dans les brochettes de mouton, de poissons qu'il cuisinait sur un barbecue de fortune. Tous les vendredis soirs, les quatre membres de l'équipe se réunissaient pour partager un repas. Un break bien mérité. Les boubous prenaient la place des blouses, mises momentanément de côté. Ces vêtements unisexes, larges, légers, aux encolures rondes et généreuses, ouverts sur les côtés, confortables donnaient une grande liberté de mouvements. Pendant ces soirées, Aida dansait, chantait. Cousins, cousines, tantes, oncles, neveux s'invitaient. Tous se déhanchaient aux sons endiablés des djembés. Le vin de palme, boisson alcoolisée obtenu par la fermentation de sève de palmier, faisait grimper la température. Tout était prétexte à faire la fête : baptêmes, mariages, décès, fêtes musulmanes, chrétiennes, animistes… Dans les rues de Podor, les tams-tams rameutaient les fêtards qui se trémoussaient aux sons des balafons en buvant beaucoup trop. A la tombée du jour on apercevait des hommes alcoolisés qui cuvaient leur vin, allongés le long du fleuve. Manon avait eu des difficultés à accepter, comprendre la polygamie. Les femmes sénégalaises, elles, la revendiquaient comme une indépendance. Voir leur mari faire leur baluchon pour aller dormir chez la « niarel », seconde épouse, la troisième voire la quatrième femme, représentait une forme de liberté. Au moment de se marier pour la première fois l'homme – en accord avec sa promise – choisissait devant le maire si son futur ménage resterait ou non, un duo. Entretenir plusieurs femmes pouvait coûter très cher et en démotivait plus d'un. Étrange compromis.

Le couple Aida-Olivier fonctionnait merveilleusement bien, professionnellement et sentimentalement. Trois fois par semaine, parfois accompagnés de Manon, ils partaient en jeep, dès l'aube à la rencontre des malades dans la brousse pour soigner indigents, infirmes, brûlés. Des feux démarraient régulièrement sous la chaleur, menaçants cheptel et champs. Les gens se mobilisaient, luttaient pour combattre les flammes, sans aucune protection, avec des moyens de fortune. Ils recensaient pendant leurs tournées de nombreuses victimes, heureusement sans gravité, qu'ils soulageaient avec de la biafine, de la paraffine, du calendula ou baume du Pérou. Quand l'équipe médicale repartait, elle laissait sur place, pansements, désinfectants, gaze stérile. La pratique des dialectes locaux convainquait les plus méfiants, les plus récalcitrants. Olivier pratiquait en toute sécurité et confiance. Souvent, à leur retour, c'était Aida toute ensommeillée, ébouriffée qui ouvrait la porte de l'appartement du jeune médecin au petit matin. Aucun doute ne planait sur la nature de leur relation. Les mariages arrangés par les familles ne laissaient pas de place au batifolage. Les jeunes gens étaient en danger.

Olivier aborda un jour le sujet avec Manon :
— Aida est inquiète. Son père a un prétendant pour elle, un vieux qui est déjà marié. Il veut une rencontre, ne cesse de la harceler. Elle a réussi à le faire patienter jusqu'à présent en avançant le fait qu'elle

doit se consacrer à son examen de sage-femme. Elle ne va pas pouvoir le duper longtemps. Il y a quelques semaines, j'ai demandé mon retour au pays. La Croix Rouge a déjà trouvé mon remplaçant. Aida vient avec moi. Nous allons profiter de sa convocation à Dakar pour ses épreuves ; le soir même nous nous envolerons pour Paris. On va avoir besoin de toi pour récupérer des papiers chez son père, sans qu'il ne se doute de rien. Tu es d'accord ?

Ce départ si proche, programmé, la prenait de court. Elle songea un instant à son propre retour. L'équipe avait fidélisé les patients. Tout était en place ! Le départ de ce couple qu'elle aimait la bouleversait. Peut-être était-il temps pour elle aussi de se projeter vers l'avenir. Ses gestes étaient maintenant sûrs, précis, mais dans sa tête demeurait sournoisement le doute sur son comportement en réanimation, dans l'urgence…

Depuis deux ans déjà Lisbeth se demandait où pouvait bien être sa petite colombe. Deux ans qu'elle attendait un signe, un message, une lettre, un appel, qu'elle priait sa Vierge Marie et qu'elle espérait. Elle n'entrait dans la chambre de Manon que pour le ménage. Elle la maintenait prête pour ne pas être prise au dépourvu, au cas où… quand elle ouvrait la porte, photos, cartes postales accrochées au mur la bouleversaient. Son fils, sa belle fille étaient rentrés définitivement d'Australie. La fuite de leur enfant, l'accident de santé d'Henri les avaient ramenés à la dure réalité de la vie : rien n'est éternel. Ils avaient toujours agi égoïstement, faisant passer leurs propres envies, intérêts avant tout. Aujourd'hui ils répondaient présents à des parents qui avaient besoin d'eux. Ils mettaient de côté leur égocentrisme, souhaitaient ardemment le retour de Manon. Après avoir mis en location leur appartement parisien ils s'étaient installés à Chantilly. Le conservatoire de musique de l'Aire Cantilienne, le Ménestrel, changeait de direction. Avec la double casquette de directeurs et de Professeurs de violon, violoncelle, ils organisaient régulièrement des concerts sous l'auditorium ou sous le dôme des grandes écuries. Elisabeth était rassurée de les savoir tout proches même s'ils ne venaient que rarement lui rendre visite. Leurs nouvelles occupations monopolisaient beaucoup de leur temps. En cas de coup dur, elle pourrait toujours compter sur eux. C'est du moins ce qu'elle espérait. Cette proximité avait aussi rassuré Henri toujours inquiet pour sa Lisa.

Malik n'arrivait pas à sympathiser avec Antoine et Fiona. Il ne pouvait pardonner leur abandon affectif et les tenait pour responsables du départ de son amoureuse. Si elle avait eu une mère aimante, présente elle aurait pu se tourner vers elle, demander de l'aide, des conseils. En s'enfuyant elle avait dégagé sa grand-mère de ses responsabilités. Il se torturait l'esprit, se demandant pourquoi elle ne s'était pas tournée vers lui. Si nécessaire, il aurait su attendre, patienter même s'effacer…. Mais elle avait préféré disparaître. S'était-il trompé sur ses sentiments ? Non, elle l'aimait, il en était certain. Elle allait lui revenir, quand ? Il était un beau parti. Des femmes l'aguichaient, essayaient de le séduire. Il s'octroyait de temps en temps quelques sorties accompagnées, au théâtre, au cinéma, au restaurant sans grandes conséquences.

Un soir, assis devant son poste de télévision, il regardait un reportage sur les enfants prématurés en Afrique, fréquents chez des femmes travaillant plusieurs heures debout. Des grossesses rapprochées entraînaient des fragilités. Des hémorragies déclenchaient des naissances précoces à six sept mois laissant peu de chance à des enfants qui pesaient à peine sept cents grammes. Ces pays pauvres mettaient en place des techniques simples, économiquement peu onéreuses, faciles à appliquer qui séduisaient par leur efficacité. Intéressé par le sujet, il demeurait très attentif.

La méthode kangourou, venait remplacer les couveuses. On maintenait le bébé contre le sein de la mère, peau contre peau, pour le réchauffer. On couvrait son corps d'une couverture pour augmenter la température corporelle. Ça fonctionnait. On la jumelait au bracelet pour bébé en sous-poids, qui émettait un bip sonore et lumineux dès que l'enfant passait en hypothermie. S'en suivit un court reportage dans un dispensaire de Podor, au Sénégal qui appliquait ces pratiques avec succès. Son cœur s'emballa. Sa Manon était là, à l'écran, belle, si belle avec sa peau colorée fille des îles, ses longs cheveux blonds cachés sous un foulard multicolore noué sur sa tête. Ses yeux immenses d'un bleu profond semblaient vouloir percer la caméra. Sûre d'elle, active, sereine, elle accompagnait une sage-femme qui parlait de la lutte menée pour faire accepter un allaitement maternel exclusif. Ce qui paraissait loin d'être gagné ! les jeunes mamans continuant à donner de l'eau, parfois contaminée et des tisanes. Le documentaire se terminait, il téléphona.

— Lisbeth, Manon est au Sénégal. Je viens de la voir dans un reportage, il y a quelques minutes. Elle va bien, travaille dans un dispensaire pour La Croix Rouge. Vous pourrez regarder le reportage en replay. Vous la verrez, elle est lumineuse. La Manon angoissée que l'on a connue avant sa fuite est épanouie, professionnelle. Je suis heureux de la savoir en sécurité. Réjouissons-nous. On sait où la trouver. Laissons-lui encore un peu de temps.

— Mais si elle restait là-bas.

Pour Elisabeth, savoir enfin où se trouvait sa petite était réconfortant. Elle avait imaginé tellement de scenaris, se reprochant de l'avoir étouffée avec son amour trop grand. Elle avait compris sa soif de retrouver sa vie d'avant, fini par accepter sa volonté d'y arriver seule. Cette rupture brutale, ce vide, cette amputation invisible lui avaient fait si mal. Heureusement, Malik l'avait soutenue, apaisée. Elle lui en serait éternellement reconnaissante. Elle alla porter la bonne nouvelle à Henri. Lui aussi avait morflé. Il s'en voulait de ne s'être pas plus impliqué.

Olivier préparait son retour. Il fallait récupérer les papiers d'Aida chez le marabout. La jeune femme pourtant majeure craignait son père. Il l'aurait séquestrée s'il avait eu connaissance du projet. Manon s'était présentée au vieil homme :

— Je travaille au dispensaire. Aida doit se présenter à Dakar pour son examen de sage-femme. J'ai besoin de son certificat de naissance. Une bonne recrue votre fille.

Le père, pas peu fier, s'empressa de lui remettre le papier. Mentir avec aplomb n'était pas dans ses cordes ; elle fut soulagée de s'en être sortie sans trahir son amie. Elle s'excusa. Après tout, c'était pour une juste cause. Le couple s'éclipsa un vendredi. Le nouveau médecin arrivait le lundi suivant. Ne plus avoir Aida allait représenter une grande perte pour l'équipe. Sa cousine, Aminata, allait la remplacer. Elle l'avait déjà accompagnée, aidée quelquefois mais elle n'était pas aussi courageuse, la vue du sang la faisant défaillir... Faute de mieux, elle allait momentanément faire l'affaire.

Astrid fut abasourdie d'appendre le départ de celle qu'elle considérait comme sa future collègue. La jeune sénégalaise avait contribué aux résultats honorables de la maternité et elle espérait la garder après son diplôme. Elle avait bien soupçonné une idylle mais pas un instant imaginé que le médecin la prendrait dans ses bagages. Décidément, les relations amoureuses pouvaient être surprenantes. Elle-même avait fui vingt ans d'une vie de couple sans nuage après le refus de sa compagne d'envisager une procréation médicalement assistée. Astrid rêvait depuis longtemps d'avoir un enfant. Les discussions houleuses justifièrent la rupture et l'éloignement. Cependant, l'horloge biologique tournait. Elle devrait bien un jour réexaminer sérieusement son désir de maternité.

Olivier et Aida partis, Astrid en goguette, Manon était seule au centre ce dimanche soir. Une mère affolée, portant dans ses bras un bébé, arriva en courant et criant. D'autres femmes, enfants la suivaient. Tous piaillaient. Le petit manquait d'air. Il était déjà tout bleu. Elle l'allongea sur la table de consultation. La gorge bombée l'empêchait de respirer. Il toussait en aboyant. Le croup ! Pensa-t-elle.
— Panique pas, il étouffe, tu dois l'intuber.

Une trachéotomie s'imposant, elle saisit un scalpel, incisa la partie basse du cou vers l'avant, fabriqua une canule de fortune avec un tube en caoutchouc qu'elle inséra à l'intérieur de la trachée avant de le maintenir en place avec du sparadrap. L'enfant commença à reprendre quelques couleurs, à respirer plus régulièrement. Pour lutter contre l'infection elle fit une piqûre de pénicilline. La situation maîtrisée, elle évacua toute la salle remplie de curieux, installa deux chaises à côté du lit. Elle ordonna à la mère exténuée de se reposer. Quand elle se réveilla, elle confirma que tout allait bien, lui donna quelques conseils avant de s'endormir. Elle rêva qu'elle se trouvait dans son service de réanimation à BICHAT, se réveilla en sursaut. Le jour pointait. Elle fit une nouvelle piqure, désinfecta le tube, aspira quelques mucosités avec une seringue. L'enfant éveillé bougeait les yeux dans tous les sens. Elle le rassura, lui parla doucement. La mère entonna alors une berceuse lente, plaintive, apaisante pour le calmer.

Vers midi, le nouveau médecin arriva. Devant le centre, des gens attendaient : certains venus en curieux voir le gamin, d'autres pour le doktoor. Accueilli par des applaudissements, des chants, Benoit franchit la porte, posa rapidement sa sacoche, se désinfecta les mains consciencieusement avant de consulter le petit malade. Un grand sourire vînt confirmer que l'enfant était sauvé.

— Vous avez fait du bon travail, vous pouvez être fière. Vous n'avez pas manqué de sang-froid. La situation était particulièrement délicate.

En entendant ces mots, Manon sut que l'épisode vécu planifiait son retour. C'était le test qu'elle attendait, sans le savoir, pour se libérer de toute appréhension quant à l'avenir. La mère lui baisa les doigts.

— Merci, Ma. Je savais que vous le sauveriez. J'ai toujours cru en vous.

Manon ressentît une irrésistible envie de prendre Lisbeth dans ses bras, de la serrer contre son cœur. Il était temps de rentrer. Remontèrent en surface les souvenirs des mois d'avril heureux, des thalassothérapies de l'île de Ré, de ces petites vacances de printemps pleines de charme. Des larmes inondèrent son visage, des larmes salvatrices qui la projetaient vers un nouvel avenir. En un instant, elle prit sa décision : Elle serait en France pour l'anniversaire de sa grand-mère, le dix sept avril. Ce serait sa surprise….

Elle forma Benoit aux impératifs de la mission, axée sur la malnutrition. Elle l'accompagna en jeep dans la brousse, lui présenta les chefs de village, les patients à suivre en priorité. Ce fut au cours d'une de ces tournées qu'elle l'informa de son départ. Il en fut très affecté. Elle était une infirmière hors-paire, aimée et estimée. Partout où ils se rendaient, les enfants couraient autour de la voiture en scandant son nom : « Ma, Ma ». Elle leur distribuait bonbons, gâteaux, les connaissait tous par leur prénom. Ces petites bouilles allaient lui manquer. Elle les avait vus au fil du temps grandir, surtout se ragaillardir. Les petits déjeuners élaborés leur avaient bien profité. Ils avaient besoin de si peu, ne réclamaient jamais rien. Plus forts dans leurs corps et dans leurs têtes, ils allaient régulièrement à l'école, progressaient, principalement les filles souvent tenues à l'écart.

La Croix Rouge avait réservé son vol. Dans sa petite valise elle emportait sa Vierge de Tendresse. Astrid avait murmuré, à regret :
— Tu ne peux pas la laisser ? Je m'y suis habituée. Elle va me manquer !

Peu de choses à rapporter. Ici elle n'avait eu besoin de rien, excepté sa blouse d'infirmière. En souvenir, elle avait fourré dans son bagage un boubou offert par Aida et trois moussors, petits foulards, qu'elle avait appris à nouer sur sa tête. Comme elle était venue avec pas grand-chose, elle repartait avec rien. Quand elle quitta Podor, le cœur lourd, elle fut surprise des acclamations de la foule regroupée devant le centre médical. On la touchait en lui souhaitant bonne chance. On la priait de ne pas les oublier, de revenir bien vite. Elle avait réservé un taxi. Le parcours, plutôt chaotique jusqu'à Taredji, s'améliora.

Bercée par le bruit du moteur, rafraîchie par la climatisation, elle s'endormit. Elle s'était réservée une journée à Dakar. Elle en profita pour visiter la Maison des Esclaves sur la petite île de Gorée tristement emblématique de la traite négrière. Devant le Monument de la Renaissance Africaine, elle accéda au cent quatre vingt dix huit marches du grand escalier pour s'offrir une vue imprenable sur la ville. L'homme, la femme et l'enfant symbolisant l'ouverture du continent au monde, semblaient jaillir du cratère d'une des deux collines volcaniques des Mamelles. Elle termina sa journée touristique par la visite de la cathédrale Notre Dame des Victoires. Épuisée par l'émotion, la chaleur, elle regagna sa chambre à l'hôtel Ibis. Elle y avait passé sa première nuit sénégalaise, elle y passerait sa dernière. Elle demanda un réveil à cinq heures, l'avion partant à six heures trente. Quand elle décolla, sa peine était immense. Ce pays l'avait accueillie avec ses doutes, ses interrogations. Il l'avait libérée de ses angoisses. Elle le quittait forte d'une expérience extrêmement enrichissante, prometteuse d'une vie nouvelle. Jamais elle ne l'oublierait.

Après Cinq heures quarante cinq minutes de vol, elle atterrit à Roissy. Il faisait en partant de Dakar vingt deux degrés. A Paris le commandant de bord annonça un temps sec, sans vent, une température à vingt degrés. Heureusement le temps était clément, elle ne s'était pas renseignée, il aurait pu pleuvoir. Elle prit un taxi. Il était treize heure trente quand il stoppa devant chez Lisbeth. On était dimanche. De nombreuses voitures étaient garées sur le trottoir, dans la petite rue adjacente. Elle entendit Harry qui pleurait derrière la porte. Il l'avait reconnue, lui faisait fête. Elle fit le code, la porte s'ouvrît électriquement. Dans le fond du jardin, trois chapiteaux blancs occupaient l'espace. Elle posa sa valise à l'entrée, s'avança. Des petits, qu'elle ne reconnût pas, se pourchassaient en criant. Beaucoup de monde dans ce jardin qui croulait sous les Lilas blancs et parme, odorants. Lisbeth avait vu grand. Elle fêtait ses soixante dix ans. Elle avait invité toute la famille. Manon la repéra, se rapprocha discrètement. Elle leva les yeux. Sa coupe de champagne lui échappa des doigts.

— C'est toi, ma chérie. Quel bonheur ! Comme tu es belle, ma princesse.

Lisbeth la prit dans ses bras, lui embrassa le visage, les yeux, la caressa pour se convaincre qu'elle ne rêvait pas. Henri les rejoignit. Tous trois, corps serrés, se respiraient. Manon se demanda comment elle avait eu la force de se priver de tant d'amour. Antoine et Fiona, les parents les regardaient sans oser bouger. Beaux-frères, belles-sœurs, neveux, nièces, petits neveux, amis étaient réunis pour festoyer. Soudain, Lisbeth s'écarta, fit un grand signe au-dessus de sa tête. Manon intriguée se retourna. Pas un instant elle n'avait imaginé qu'il fût là, plus beau que dans ses souvenirs, dans son costume clair. Ses yeux lumineux, son sourire charmeur illuminèrent un visage radieux. Il portait un œillet à la boutonnière, comme tous les hommes présents.

— Tu peux le rejoindre ma chérie. Il t'attend depuis si longtemps. Va.

Ils s'avancèrent, s'étreignirent. Dans les bras l'un de l'autre, ils sentirent battre leurs cœurs, affolés.

— Tu ne pouvais pas choisir meilleur moment pour nous revenir. Tu es sans aucun doute le plus beau cadeau que Lisbeth espérait. J'aurais pu aller te chercher, je savais où te trouver…

Surprise, Manon se libéra

— Pourquoi n'es-tu pas venu ?

— J'avais peur ! Tu paraissais si bien dans ce dispensaire sénégalais. Je voulais que tu reviennes parce que tu en avais envie. Mon désir était sans importance.

Malik n'avait pas changé. Il faisait passer le bonheur des autres avant le sien. C'était déjà ainsi quand ils étaient ensemble. Toujours à quêter ses souhaits.

— Viens, maman est là. Elle est venue avec ma sœur Mahalia. Elles repartent demain avec tes grands-parents.

Elle allait s'éloigner quand elle vit arriver ses parents.

— Vous êtes venus d'Australie ? dit-elle surprise en les embrassant.

— Nous sommes rentrés depuis plus d'un an. Nous habitons Chantilly. Et toi, tu es là pour toujours ou tu passes ? Lui demanda son père. Le regard inquisiteur, inquiet.

Manon les sentit stressés. Ils ne s'étaient pas revus depuis ses dix huit ans. Se retrouver après si longtemps ne facilitait pas les rapports. Ils étaient devenus étrangers.

— J'ai fini ma mission. Je vous raconterai tout plus tard.

Malik attendait pour la conduire à Laurence qui s'avançait.

— C'est une belle surprise, Manon. Dommage, je vous enlève Elisabeth et Henri demain. Toutes les personnes, ici présentes, ont été d'accord pour leur offrir, comme cadeau, une croisière sur le Nil.

Les invités s'installèrent sous les barnums. Des tables avaient été dressées pour le déjeuner, servi par un traiteur. Manon qui n'était plus habituée à voir autant de mets, de bouteilles sur une table, visionna, un court instant ses petits sénégalais au milieu de toutes ces victuailles. La réadaptation allait être difficile. Ce qu'elle avait connu et vécu au Sénégal changeait sa perception des choses. Elle avait côtoyé la misère, pendant plus de deux ans. Des enfants décharnés tendant la main pour un morceau de pain. Elle ne pouvait et ne voulait pas les oublier. La journée se termina par un mini concert d'Antoine et de Fiona. Manon ne se souvenait pas les avoir vus, entendus jouer ensemble, une seule fois. La musique était belle, mélodieuse, légère. Violon, violoncelle s'accordaient à merveille. La symphonie allégeait les cœurs, les esprits. Les pensées s'envolaient. Qu'ils étaient loin les tamtams, les djembés, balafons de Podor. Manon sentit la main de Malik serrer la sienne. Avait-il perçu sa nostalgie et sa tristesse ?

Elle était fatiguée. La journée avait été longue. Les kilomètres, les émotions finirent par avoir raison d'elle. Il fallait qu'elle se repose.

Vers minuit tous les invités partis, Lisbeth invita Manon à la rejoindre.

— Comme Laurence te l'a dit, nous partons à l'aube. Je te laisse entre de bonnes mains ; Malik va bien s'occuper de toi... Il était prévu qu'il se repose quelques jours à la maison. Surtout ne t'enfuies plus. Attends-nous. Dans une douzaine de jours nous serons de retour. Ta chambre est prête ; elle t'attend ...

Elles s'embrassèrent, se souhaitant bonne nuit.
— A quelle heure, demain le départ ?
— Le taxi sera là à sept heures. Ne te lève pas. Il faut que tu dormes.

Manon et Malik, montèrent se coucher. Le monde, le bruit, les émotions les avaient épuisés. Allongés, serrés corps contre corps, main dans la main, ils s'endormirent après avoir échangé un long et tendre baiser de reconnaissance, d'espoir. Manon se réveilla le lendemain à midi. Tout le monde était déjà parti. Quand elle ouvrit les yeux, Malik assis dans le fauteuil, la regardait.
— Bonjour, ma belle au bois dormant. En bon prince, je venais te réveiller. Je n'avais pas envie que tu dormes cent ans !

— Il est quelle heure ? Non, midi ! Et Lisbeth, ta mère ?

— Ils sont tous partis, ravis de ne pas t'avoir réveillée. Ils doivent même être arrivés Ne t'inquiète pas. Ils m'ont chargé de m'occuper de toi. C'était bien mon intention, je vais d'ailleurs m'exécuter sur le champ !

Malik s'allongea tout contre sa princesse. Le jour filtrant à travers les volets dessinait sur son visage des jeux d'ombre et de lumière. Qu'il était beau son prince charmant. Ses mains effleurèrent délicatement son corps avant de se faire plus pressantes. Tout son être réagissait, ses sens se réveillaient. Sa peau électrisée par ses contacts en redemandait. Grisée, Manon se laissa dirigée avant de s'égarer. Ces retrouvailles étaient magiques. Ils les avaient tous les deux rêvées. C'était bien au-delà de leurs attentes. Avec retenue, puis fougue ils se fondirent l'un dans l'autre, sans pudeur. Insatiables, ils en demandèrent encore et encore. Extasiés, enfin repus, ils descendirent pour déjeuner. Beaucoup de restes de la fête. Manon avait décidé de se laisser servir. Elle se considéra comme une invitée d'honneur. Le jeune homme aux petits soins, désirait assouvir toutes ses envies. Ils déjeunèrent sous la véranda. Vite rassasiés par la nourriture il n'en fut pas de même de leurs désirs. Chaque contact déclenchait caresses et baisers. Ils évitèrent de parler du passé, de l'avenir. Seul comptait le présent apportant un bonheur inespéré, effaçant tous les doutes.

Le lendemain, ils programmèrent une marche en forêt avec Harry, onze ans, vieilli mais encore partant. Les bourgeons éclataient laissant apparaître le vert tendre des feuilles naissantes. Le muguet était déjà sorti ; il était en avance cette année. Les clochettes revêtaient leur première dentelle. Avec lui, le bonheur était à la porte. Les grands arbres : pins, chênes, hêtres, bouleaux contrastaient avec la pauvre végétation de Podor où Manon était encore quatre jours plus tôt. Tout la ramenait là-bas. Elle parla à Malik de sa vie au Sénégal, de son bonheur de s'être sentie utile, appréciée, aimée. Elle relata sa prise en main dans le sauvetage du petit patient atteint du croup. Elle lui avoua que cet épisode avait été pour elle le signe de réhabilitation qu'elle attendait. Le calme régnait. Les chants des oiseaux ponctuaient ses dires. Ils se sentaient bien, corps et cœurs légers. Malik l'écouta, sans l'interrompre, subjugué par son talent, son charme. Il retrouvait sa Manon, professionnelle, empreinte d'une débordante humanité. Jamais il n'aurait pu aimer quelqu'un d'autre. Elle avait tout ce qu'il avait toujours recherché chez une femme. En plus de sa beauté, elle était riche d'un cœur énorme rempli d'amour, de bonté, de tendresse. Il était fier qu'elle l'ait choisi. Ensemble, ils allaient avancer. L'avenir était prometteur de jours meilleurs.

En rentrant Manon lui fit part de son envie de vider sa chambre. Beaucoup trop de superflu.
— Je ne veux garder que l'essentiel : le lit ! lui dit-elle espiègle.

Le jour suivant, ils ouvrirent placards, commode, armoire. Peluches, poupées, disques, cassettes vidéo, cartes postales, livres, vêtements, chaussures… furent triés et mis en cartons : à brûler, secours catholique, déchèterie, hôpital…. Les anciens tableaux furent décrochés. La Vierge de Tendresse, sortie de la valise, regagna sa place au-dessus du lit. Manon se sentit allégée de tout ce passé qui l'encombrait. Le soir, la tête posée sur les genoux de Malik, ils osèrent aborder le sujet de l'accident.

— Quand tu es partie, ma chérie, j'ai songé un instant que c'était pour me punir. En vrai, tu t'effaçais pour me laisser vivre ma vie. Tu doutais de toi, de moi. Je peux le comprendre ! Cependant, tu aurais dû me faire confiance. Je t'aurais laissé du temps. Promets-moi dorénavant de partager tes doutes. Nous deux, c'est du sérieux.

— Bien sûr, mon amour. A l'hôpital, c'est le compte rendu de l'expert qui m'a démolie. Semant le doute dans mon esprit, je me suis vue diminuée, incapable. Je n'ai pas envisagé d'autre solution à mon mal-être que la fuite. Je te demande pardon.

— C'est du passé, tournons-nous vers l'avenir maintenant. Avec Lisbeth, nous avons mandaté un avocat qualifié pour faire valoir tes droits. Je dois reconnaître qu'il a bien défendu tes intérêts. Tu as été dédommagée d'un million d'euros. L'argent est bloqué sur un compte spécial. Tu n'as plus qu'à signer pour encaisser

— Ce n'est pas possible tout cet argent. Et toi, ta moto ?

— Elle m'a été remboursée. Je n'en ai pas acheté d'autre. Je roule avec ta Mini Cooper. Henri m'y a obligé. Au début, je m'asseyais derrière le volant, juste pour te respirer. Je m'enivrais de ton parfum. Aujourd'hui, elle sent plutôt l'homme pressé… elle

est très pratique pour circuler dans Paris. Je pensais souvent que si nous l'avions prise ce jour là...
Manon lui ferma la bouche d'un baiser, lui caressa les cheveux.
— Rien ne peut changer nos destinées. On peut tirer des leçons du passé, se servir de nos erreurs pour avancer ; on ne peut pas s'y soustraire.
Quelle sagesse pensa Malik. Elle trouvait toujours les mots qui consolaient.

Naël attendait les voyageurs à la descente d'avion au Caire. Des cheveux grisonnants parsemaient désormais sa sombre chevelure et atténuaient son aspect revêche décuplant son charme. Il les accueillît d'un large sourire
— Bienvenue en Égypte. Vous avez fait bon voyage ?

Il s'empressa de les aider. Après quatre heures trente de vol, sous une température de vingt six degrés, le séjour démarrait sous les meilleurs auspices. Avril était considéré dans le pays comme le meilleur mois pour voyager. Elisabeth et Henri étaient ravis et enthousiastes. Ils traversèrent la ville, coupée par le Nil, en voiture climatisée. Laurence leur montra la faculté de médecine où son fils avait étudié, l'établissement où elle enseignait. Avant de rentrer, ils s'arrêtèrent place Tahrir pour boire cafés turcs et thés glacés. Ils visitèrent le musée égyptien, ses trésors, la salle des momies. Ils reprirent le véhicule avant de s'arrêter devant une somptueuse maison. Une large cour intérieure donnait accès à une salle de réception, un grand salon, au plafond soutenu par quatre colonnes. A l'entrée, après avoir dépassé la cuisine, un long couloir conduisait à la partie réservée aux hôtes et à l'appartement privé. Meublée avec luxe, la maison imposait. Un jardin, clos de murs comprenait un bassin où croissaient lotus et papyrus et dans lequel nageaient des poissons. Dattier, sycomore, treilles couvertes de vignes l'ombrageaient. De grandes jarres conservaient de l'eau fraîche. La chambre à coucher, intime, qui leur était réservée comportait une alcôve, une douche, un cabinet. Entièrement dallées, construites en briques et calcaire, les pièces gardaient la fraîcheur. Ils soupèrent dans le jardin : houmous, boulettes de viande et taboulé. Naël proposa une bière à Henri. Les femmes burent du karkadé, thé aux fleurs d'hibiscus, glacé. Ils restèrent trois jours à visiter les pyramides de Gizeh : Keops, Khephfen et Mykérinos, l'énigmatique grand sphinx, mi homme, mi lion, la citadelle, sa mosquée d'albâtre. Ils firent du shopping dans le grand souk du quartier vivant et animé de Khan el Khalili.

Laurence les conduisit à l'aéroport pour un vol Le Caire/Louxor d'une heure. Ils étaient attendus par les organisateurs de la croisière pour les conduire au bateau. Le transfert prît vingt minutes. Voguer sur le Nil, était de longue date un vieux rêve du couple. Conquis, installés sur cette embarcation traditionnelle, un dahabieh, ils se laissèrent guider pendant six jours, pour un fabuleux voyage. Seulement une vingtaine de personnes à bord, des couples, répartis dans onze cabines agréables, confortables, très lumineuses, peintes en blanc, parquet en bois ciré. Beaucoup de cachet, de style dans ces chambres pleines de charme, dépaysement et repos absolu sur ce bateau, sans télévision. L'espace à bord, le pont supérieur face au Nil, le silence ambiant procuraient un bien-être immédiat. Les treize personnes de l'équipage, sympathiques, toujours souriantes se faisaient oublier n'intervenant qu'en cas de besoin. Excepté une journée légèrement pluvieuse, tous les repas furent servis sur le pont supérieur où la vue sur le fleuve était exceptionnelle. Tapis, banquettes, tables basses, décoration orientale rendaient l'endroit très convivial. Sans moteur, ce bateau à deux voiles : une blanche, une rayée, se laissa remorquer, par manque de vent, toute une journée pour avancer. Les couples à bord se laissaient choyer et bercer. Un bateau coup de cœur. Une beauté à sentir, à respirer avec des couchers de soleil fantastiques. Ils découvrirent au fil de l'eau, la vallée des Rois, les sites antiques, la tombe de Toutankhamon, le temple et sa succession de terrasses de la reine Hatchepsout, les colosses de Memnon, le temple de Karnak, d'Amon. Arrivés à Assouan, ils visitèrent le grand barrage offrant une vue imprenable sur le lac Nasser, les carrières de granit, son obélisque inachevé, le temple de Philae. Au nord, à Kom Ombo ils s'extasièrent devant le temple aux deux entrées, dédié aux dieux Horus et Sobek. Le dernier soir, ils partagèrent un repas feu de camp sur la rive, avec quelques villageois. Comblés, des souvenirs plein la tête, ils débarquèrent sous les encouragements à revenir de tout l'équipage.

Laurence les attendait. En voiture ils regagnèrent Le Caire pour s'envoler le lendemain vers Paris.

Manon et Malik s'aimèrent dans toutes les pièces de la maison, à toutes heures du jour, de la nuit. Ils rattrapaient le temps perdu ; étreintes passionnelles de longue durée, d'une incroyable intensité, un amour fusionnel basé sur leurs affinités de pensées et de goûts. Cette symbiose se renforçait au fil des jours. En accord et en harmonie le couple était complice.

Lisbeth et Henri se réjouirent de retrouver leur petite fille épanouie et le jeune homme rayonnant de bonheur. Les jeunes gens avaient dressé la table dans la véranda, le temps de cette fin d'avril, étant changeant. Un poulet frites, grandement apprécié après la cuisine orientale, les conforta dans l'idée qu'on était bien chez-soi. Henri se délecta de son verre de Châteauneuf du pape, tout droit sorti de sa réserve. Au dessert après l'île flottante, ils burent une coupe de champagne. Les grands-parents ravis de rester dans leurs pénates racontèrent leur périple à leurs auditeurs conquis.

Les jeunes gens avaient décidé de rejoindre Paris, de s'installer dans l'appartement que Malik venait d'acheter. Sur le chemin, le jeune homme paraissait inquiet. Il se décida à prévenir sa douce que l'appartement devait être dans un triste état. Parti précipitamment après sa garde, tout était sans dessus dessous. En franchissant le seuil, Manon confirma ses dires. Les portes du placard étaient ouvertes. Boxer, chaussettes, jean, chemise, blouse de médecin jonchaient le sol. La table n'avait pas été débarrassée. Malik se précipita pour mettre le linge dans le coffre, la vaisselle dans l'évier.

— Ta garçonnière mérite un sérieux coup de nettoyage et de rénovation. Elle fait un peu trop vieux garçon. Si tu veux je peux m'occuper de la rajeunir !

— Je te laisse carte blanche mais ne te fatigue pas trop. Garde du temps pour moi, pour nous.

Quand Malik partit travailler, Manon commença à faire du tri. Elle mit de côté la vaisselle obsolète, ébréchée, disparate pour s'en débarrasser plus tard. Elle fit un grand nettoyage dans la cuisine, la salle de bains, changea les draps, aéra. Elle métra chaque pièce pour calculer la quantité de peinture, feuilleta le catalogue IKEA pour trouver des meubles modernes et fonctionnels. Elle dressa les listes de ce qu'elle envisageait de faire pour les soumettre le soir à son compagnon. Il était temps de préparer le souper ; quand Malik rentra, il déclara :

— C'est un vrai tsunami ici. Tu n'as pas perdu de temps, lui dit-il, en la soulevant pour la faire tournoyer.

— Regarde, j'ai établi l'inventaire de ce que j'aimerais changer si tu es d'accord, bien entendu, car tu es ici chez toi.

— Chez nous, mon cœur. Bon, regardons quels changements tu envisages.

Ils passèrent la soirée à échafauder des plans.

Tout juste couché, il la prit contre son cœur, la serra à l'étouffer, lui murmura des mots tendres en lui mordillant l'oreille. Pour attiser son envie, il lui caressa le buste, le ventre, tourna autour des seins qu'il embrassa et titilla. Il s'attarda, baisa longuement les marques laissées par ses greffes sous la hanche, descendit jusqu'au pubis, excita le clitoris qui se gonfla. Le corps de Manon tendu comme un arc, prêt à le recevoir, vibrait. La montée du désir était à son paroxysme quand il la pénétra en douceur, union charnelle dans l'excellence. Ils ne faisaient plus qu'un. Les mouvements de va-et-vient répétés les conduisirent tous deux à l'orgasme. Dans les bras l'un de l'autre, comblés, ils s'endormirent, assouvis.

Le jour suivant, Manon commanda les meubles, banquette et fauteuils en cuir gris anthracite, chaises

en bois coloré, table de cuisine en verre, bibliothèque et commode en bois vernis. Elle sortit acheter la peinture : blanche pour le salon, taupe pour le couloir et sable pour les chambres. Pendant une semaine, elle lava plafonds, murs, reboucha les trous, ponça. Malik la retrouvait le soir, foulard noué sur la tête pour lui protéger les cheveux, habillée comme une romanichelle. Quelques traces de peinture lui couvraient le visage et les mains non protégées. Même ainsi, elle restait désirable. Elle prenait une douche. Ils sortaient manger. Tout était prêt, le jour prévu pour la livraison.
Malik devait rentrer tard. Elle prit le temps de lui préparer un repas, mit à rafraîchir un meursault premier cru. Elle dressa la table avec sa nouvelle vaisselle : assiettes et verres. Elle ajouta des bougies, un petit bouquet de roses. Elle recula pour admirer. Satisfaite, elle passa dans la salle de bains. Elle préféra la baignoire à la douche. Elle s'y prélassa un bon moment, s'endormit presque. Coiffée d'une grande natte qui lui tombait dans le dos, légèrement maquillée, elle enfila une petite robe noire, sexy. Elle venait de terminer quand il franchit la porte. Admiratif, il resta bouche bée.

— Mon amour, comment as-tu fait ? La classe, cette table et toi, toujours aussi pimpante ! Tu dois être bien lasse.

La griserie du vin aidant, la fatigue se faisant sentir, Manon ne toucha pas à son dessert, elle s'endormait. Malik s'approcha d'elle, la souleva, la déposa délicatement sur le lit. Elle s'effondra.

Deux mois après leur installation, la jeune femme reçut un mail de son ami Olivier.

*Astrid m'a informé de ton retour. Aida me presse de t'envoyer une invitation. Nous serions, tous les deux, très heureux de te revoir. Si tu es partante, fais-nous signe. Amitiés.*

Trop contente d'avoir des nouvelles, elle répondît sur le champ.

Olivier et Aida habitaient Pierrefonds, dans l'Oise et travaillaient à Compiègne, à quinze minutes en voiture. Le jeune homme avait repris le cabinet d'un médecin, sa compagne travaillait à la maternité de l'hôpital. Rendez-vous fut pris pour un déjeuner en juillet. C'était une chaude journée d'été. Ils arrivèrent en fin de matinée. La jeune sénégalaise les attendait devant sa porte. La voir en jean et T-shirt surpris Manon.

— Enfin vous voilà. Entrez, Olivier vous attend sous le platane. Vous allez voir, la vue est imprenable.

Trop heureuse de revoir son amie, Aida fit quelques pas de danse avant de l'embrasser chaleureusement. A l'ombre de l'arbre, ils burent un thé glacé. Ils avaient vue sur les grosses tours du château fort, construit sur les hauteurs de la ville qu'il dominait de toute sa splendeur. A l'état de ruines, Napoleon III en avait confié la reconstruction à Violet-le-Duc. Haut lieu touristique en été, le village ne comptait à l'année que mille huit cents habitants. Ils se racontèrent. En rentrant du Sénégal, ils avaient cherché un appartement dans le vingtième arrondissement. Olivier avait fait ce choix pensant que son amoureuse se plairait dans cette ambiance décontractée, bohème de cet ancien cœur industriel parisien. Aida était perdue dans ce grand Paris, éloigné de tout ce qu'elle connaissait. Elle ne s'adaptait pas, paniquait dans les métros, se trompait régulièrement de lignes, oubliait de descendre, prenait les mauvaises sorties, arrivait en retard. La lettre de recommandation d'Astrid, lui avait permis de trouver un poste d'aide soignante à la clinique des Lilas, en Seine-Saint-Denis. Elle y avait travaillé quinze ans avant de partir au Sénégal, n'avait laissé que de bons souvenirs. Reconnaissante, Aida voulait lui faire honneur. Ce travail l'aurait satisfaite si elle avait pu s'y rendre à pied. Cette maternité était réputée pour sa qualité dans la prise en charge des futures mères. Désemparée, elle s'étiolait, voulait repartir au pays. Déprimée, elle ne chantait, ne dansait plus. Le petit oiseau du Sénégal avait les ailes brûlées. Son compagnon désespéré, chercha un poste de médecin en province, sans en parler à sa bien-aimée. Un généraliste prenant sa retraite à Pierrefonds, ils profitèrent de cette opportunité pour déménager.

— Cela fait quatre mois que nous sommes installés ici et nous ne le regrettons pas. Aida aime cette petite ville et recommence à faire des projets. Elle a fait valider ses acquis et travaille, non pas encore comme sage-femme mais comme infirmière en maternité.

Malik sympathisa d'emblée avec son jeune confrère. Il se reconnaissait en lui. Olivier, amoureux de sa compagne, avait abandonné ses ambitions personnelles pour la satisfaire. Il aurait fait de même. Ils marquèrent leur surprise quand ils apprirent que Manon connaissait Malik depuis presque cinq ans. Jamais au Sénégal elle n'avait évoqué ni sa relation ni son accident. Rentrer dans leur intimité décupla leur complicité.

La maîtresse de maison avait préparé un Thiou aux crevettes, Olivier des brochettes de poisson qui rappelèrent les bonnes soirées arrosées de Podor. Ils en parlèrent avec bonheur et nostalgie. Aida chanta quelques douces complaintes de son pays. L'après midi, mangeant une glace, ils flânèrent en ville, firent une partie de mini golf, louèrent un pédalo pour une agréable balade sur le lac aux nénuphars. Ils se reposèrent en buvant un verre à la terrasse de l'embarcadère. La journée, bien remplie, s'égrena tranquillement. Tous les quatre avaient apprécié ce partage. Ils se quittèrent en se promettant de se revoir très vite. Le château méritait à lui seul une visite qu'ils n'avaient pas eu le temps de lui accorder.

En rentrant sur Paris, bloqués dans les embouteillages, ils envièrent leurs amis de vivre en retrait, dans cette belle campagne boisée. Le travail de Malik ne leur permettait pas d'envisager une telle option, dans l'immédiat. Quant à Manon, elle devait sérieusement songer à reprendre une activité. Elle hésitait encore sur ses orientations. Sa vie au Sénégal ayant changé la donne et ses priorités.

Ce fut un été radieux. Ils fêtèrent le quinze août chez les grands-parents. Lisbeth et Manon se rendirent à la cathédrale de Senlis pour la messe de l'Assomption. Cette cérémonie remémora chez la grand-mère quelques souvenirs de sa plus tendre enfance, qu'elle évoqua les yeux mouillés.

— Dans ma jeunesse, toutes les familles polonaises suivaient la procession de la vierge Marie et se réunissaient pour partager un bon repas : côtes de porc panées, chou farci au veau, pounchkis, gâteau au fromage blanc... Les hommes buvaient la vodka. Les esprits échauffés, chacun y allait de ses propres souvenirs. Seuls les bons moments étaient évoqués avec nostalgie... Les enfants jouaient, dansaient, chantaient, mélangeant leurs cris à ceux des parties de cartes qui s'attardaient jusque tard dans la nuit.

En les attendant, Henri avait préparé la paella en compagnie de Malik. Au retour des femmes, assis à l'ombre du noyer, ils se délectaient d'un rosé maintenu au frais dans un seau à champagne rempli de glace. Calme et sérénité régnaient dans cet espace fleuri où se mélangeaient les parfums de roses anciennes. Ils partagèrent le verre de l'amitié. Tous les quatre passèrent un agréable moment. La sieste, sous la fraîcheur des branches, remit les idées en place après ce repas par trop arrosé.

En septembre, la sœur de Malik, vînt s'installer à Paris. Mahalia suivait un cursus en droit international pour devenir avocate et venait en France pour un stage dans une grande entreprise privée et des études conjointes à la Faculté. Avec Laurence, elles avaient fait toutes les démarches nécessaires en avril, quand elles étaient venues pour l'anniversaire de Lisbeth.

Au fait des évolutions du droit, rigoureuse, trilingue, elle possédait toutes les qualités requises demandées par la profession. Logée dans le quartier de La Sorbonne, elle allait pouvoir fréquenter nombre d'étudiants étrangers et s'en réjouissait. Pour Malik, découvrir sa sœur qu'il méconnaissait, représentait une opportunité de rapprochement. Le couple allait la chaperonner, se faisait fort de la protéger. Les tentations dans la jeunesse estudiantine étant nombreuses, ses parents comptaient sur son frère pour surveiller leur fille un peu trop extravertie, toujours à la recherche de l'insolite. Comme sa reine Cléopâtre qu'elle idolâtrait, elle était belle, audacieuse, indépendante, quelque peu dominatrice et intimidante surtout face aux hommes. Son visage impassible, ses yeux gris perçants la rendaient indéchiffrable et laissaient présager une grande carrière d'avocate. Sa devise était le travail et la lutte pour le droit des femmes. En attendant sa rentrée d'octobre, Malik et Manon lui firent visiter Paris. Attirée par le quartier de Montmartre dominé par la basilique du Sacré-Cœur, fréquenté par de nombreux peintres, Mahalia continua de s'y rendre régulièrement dans les mois qui suivirent. Cette vie bohème, sa fréquentation des nombreux cafés, sa proximité avec les artistes de rues inquiétaient le jeune couple. Ils l'invitaient régulièrement pour la suivre de près. Cette lourde responsabilité les minait. Ils avaient hâte de la voir repartir craignant que la jeune femme de vingt trois ans ne se laisse embarquer dans des histoires louches.

Manon visita ses anciennes collègues à BICHAT. Revenir dans le service où elle avait travaillé, où elle avait tant souffert lui coûta. Jamais, elle ne pourrait envisager d'y revenir. Elle transforma son congé sabbatique en démission. Quelques semaines plus tard, elle se décidait pour un poste d'infirmière dans un centre social accompagnant les victimes de violences conjugales. Elle se rendait à son travail à pied. Malik pouvait garder la Mini. Assistées de psychologues, éducateurs spécialisés, les femmes entamaient une reconstruction sociale, professionnelle, familiale. Battues, humiliées et terrorisées, elles arrivaient de tous horizons. Chargée des premières consultations, face aux impacts physiques, psychologiques, Manon devait réagir vite pour les soigner, les mettre en sécurité. Des chambres étaient à disposition. Certaines arrivaient accompagnées de jeunes enfants dont il fallait s'occuper. D'autres craintives, repartaient sans avoir osé porter plainte. Il fallait vivre cette détresse pour comprendre qu'il était urgent d'y remédier. Pour les secourir, des numéros de téléphone gratuits étaient placardés dans les centres commerciaux, parcs, hôpitaux, cabinets de médecins, endroits fréquentés par les femmes sans qu'elles soient forcément accompagnées. Des campagnes publicitaires gouvernementales incitaient les victimes à se faire aider. En rentrant le soir, Manon bouleversée, cherchait du réconfort dans les bras de son amoureux. Elle s'interrogeait sur le pouvoir de certains hommes se transformant en véritables persécuteurs. Qu'est ce qui pouvait les pousser à de tels agissements : domination, avilissement, soumission, représailles, jalousie… Elle venait d'héberger le matin même au foyer une femme qui s'était présentée, le visage tuméfié, le corps roué de coups, les seins marqués de brûlures de cigarettes. En grande détresse, hébétée, la pauvre n'arrivait pas à raconter. Après l'avoir soignée, mis du baume sur l'âme et le corps, elle l'avait conduite dans une chambre calme et claire pour qu'elle s'y repose, les discussions pouvant attendre. Elle y était à l'abri, protégée de son bourreau.

Malik comprenait sa peine. Il la serra fort, la réconforta, la remercia de sa compassion pour toutes ces infortunées.
— Dis-toi que tu fais du bon travail. Tu ne pourras, hélas, pas toutes les soustraire à leurs tortionnaires. Celles que tu sauveras auront une meilleure vie, tu dois te souvenir de ça. Ton rôle et celui de tes collègues sont essentiels pour leur reconstruction.

Comme toujours, il avait les mots justes qui cicatrisaient les plaies trop vives.

Ce jour de février, elle travaillait depuis le matin, sans s'être arrêtée. Il était environ seize heures quand Mahalia franchit la porte du centre. Dévêtue, malgré le froid, ébouriffée, hagarde, elle se réfugia en sanglotant dans les bras de Manon, tremblante de la tête aux pieds. Impossible de saisir, de comprendre une seule de ses paroles. En retrait dans la cuisine, à l'abri de regards indiscrets, elle la berça comme une mère pour la calmer. Elle la força à s'asseoir, lui passa un linge mouillé sur le visage, les mains, lui fit avaler un thé chaud. Petit à petit la jeune fille reprenait ses esprits. Manon comprit qu'elle ne lui dirait rien sur place. Elle lui enfila son propre manteau, la conduisit à l'appartement, à quelques minutes à peine. Elle la déshabilla, lui fit prendre un bain pour la réchauffer. Elle dilua dans du sel marin quelques gouttes d'ylang ylang qu'elle versa dans l'eau pour la détendre.

— Je te laisse, Quand tu seras prête, tu pourras me rejoindre au salon, me raconter, si tu veux.
— S'il te plaît, ne préviens pas Malik, attends.

La jeune femme tournait en rond. Ne pas le prévenir était un risque qu'elle ne pouvait prendre. Elle lui envoya un message :

*Mahalia est à l'appartement, elle ne va pas bien. Quelque chose s'est passé, j'ignore encore quoi. J'attends qu'elle sorte. Ne t'inquiète pas, je m'en occupe. Fais-moi confiance. Je te tiens au courant.*

Étroitement sanglée dans un peignoir, le visage encore défait, elle vînt se réfugier tout prêt de Manon, lui raconta.
— Je suis modèle nu, depuis un trimestre, à l'école des beaux-arts pour gagner un peu d'argent. Je n'en ai pas vraiment besoin mais avoir de la monnaie en plus est agréable. Je me paie quelques sorties au théâtre, au restaurant avec mes amis. Tenir la pose n'est pas aussi simple qu'on le pense. Coups de froid, douleurs musculaires en sont bien souvent les inconvénients. Boris, un jeune peintre russe m'a proposé un bon dédommagement pour que je vienne dans son atelier. La première séance s'est bien passée. Aujourd'hui, il a lourdement insisté pour que j'enlève

mon haut. Je me suis exécutée avec regret et suspicion. En cours de séance, il m'a proposé un break pour me détendre. J'enfilais mon chandail quand il s'est approché. Il voulût me masser la nuque. J'ai refusé. Il insista, m'agrippa, me força à me rapprocher, me tira les cheveux, me fit reculer jusqu'au mur en me plaquant. J'étais immobilisée et je manquais de souffle. Je lui ai lancé un grand coup de genou dans le bas ventre. Surpris, il m'a giflée en desserrant son étreinte. La porte n'étant pas loin, je l'ai bousculé et me suis ruée dans la rue. J'ai laissé là-bas mon manteau et mon sac.

Quelle histoire. Cette écervelée aurait pu se faire violer. Plus de peur que de mal. Elle la rassura, lui disant que son frère allait se charger de récupérer ses effets personnels.
— Je pense, Mahalia, qu'il serait plus prudent de ne plus aller poser !
Elle acquiesça immédiatement.

Malik se rendit chez le peintre, le menaçant de porter plainte s'il s'approchait une seule fois encore de sa sœur. Il avait une envie folle de démolir sa belle gueule. La violence n'étant pas dans ses gènes, il réussit à se contenir.

— Tu ne diras rien aux parents ; je te promets de ne plus fréquenter le quartier des artistes.

Le couple resta inquiet. La jeune fille devait envoyer chaque jour un message pour les rassurer. Elle rencontra un jeune homme discret, Alexandre, étudiant qu'elle leur présenta. Ils s'entendaient bien, veillaient l'un sur l'autre. C'était ce qu'elle disait pour les apaiser, surtout les sécuriser. Ils attendaient impatiemment la fin de son séjour, soucieux de leurs responsabilités.

Du Sénégal, Astrid envoya un mail.

*J'ai appris que tu travaillais dans un centre pour femmes battues. Professionnellement et humainement, tu es la providence sur leur chemin.*
*Olivier a été enchanté de faire la connaissance de ton boy-friend. Il parait que c'est un mec bien. Cachottière, tu aurais pu nous en parler !*
*Je songe à rentrer moi aussi.*
*Tu me manques tout comme ta Vierge de Tendresse.*
*Amitiés*

Avoir des nouvelles de son amie lui fît plaisir. Elle espérait et attendait son retour.

Manon n'avait pas revu ses parents depuis le dernier anniversaire d'Henri. Ils s'étaient promis de s'inviter sans l'avoir fait. La jeune femme fut surprise de l'appel de son père, lui demandant de la rencontrer. Il venait sur Paris le lundi suivant. Rendez-vous fut pris au café de la Gare du Nord. En le voyant arriver de loin, seul, elle eut le loisir de prêter plus attention à sa personne. Bel homme, tout juste la cinquantaine, allure athlétique, port de tête droit et fier, il ressemblait de plus en plus à Henri, quelques cheveux blancs en moins. Elle se leva pour lui faire signe. Il lui adressa un sourire charmeur, séduisant. Avant de

s'asseoir, il lui claqua un baiser sur la joue, déroutant sa fille, peu habituée à autant d'attention.
— Je suis heureux de te voir. J'espère à l'avenir te rencontrer plus souvent. Je suis venu te le dire de vive voix : ta mère et moi allons nous séparer !
C'était bien la dernière chose à laquelle Manon s'attendait. Il reprit :
— Elle a décidé de repartir en Australie. Elle a déjà téléphoné à Sydney, il la réintègre dans l'orchestre. Elle a refusé de venir pour te l'annoncer. Non, non, ne t'inquiète pas, ça va ! J'ai enfin ouvert les yeux sur son égoïsme. Pourquoi n'ai-je pas réagi plus tôt ? Ça, je ne saurais le dire. Pour moi, plus question de repartir. Ta grand-mère a fait beaucoup, il est temps que je fasse ma part.

Manon était stupéfaite. Pas vraiment de la nouvelle mais du sentiment de sérénité qui habitait son père. Elle le voyait rajeuni, plus vif, prêt à conquérir le monde. Elle le laissa continuer :
— Tu sais Fiona ne m'a jamais pardonné de l'avoir obligée à devenir mère. Elle ne désirait pas d'enfant, surtout si jeune ! Quand elle s'est retrouvée enceinte, j'ai refusé qu'elle avorte. J'étais bien trop heureux, moi, d'avoir un bébé. Elle a accepté de mener à terme sa grossesse si tu ne devenais pas un obstacle à sa carrière. J'ai accepté. Je t'ai confiée à maman, qui savait pour le deal.
— Mon fils, La vierge Marie, t'a donné cette enfant, nous l'élèverons.
Les émotions étaient trop fortes. Manon ne pût retenir un gros sanglot. Son père lui saisit les mains, qu'il baisa.

— J'espère qu'un jour tu pourras pardonner mon abandon et ma distanciation.
Elle était malheureuse mais contradictoirement heureuse. Pour la première fois, elle comprit que son père l'aimait. Il l'avait désirée ! Les yeux dans les yeux, elle murmura,
— Je vais apprendre à te connaître, enfin. Laissons Fiona vivre sa vie.
Ce n'était pas sa mère, cette femme, juste une mère porteuse. Elle l'avait ressenti depuis bien longtemps, alors qu'elle n'était encore qu'une toute petite fille.
— Je garde la direction du Ménestrel, je n'enseignerai plus. Je veux du temps pour mes parents, pour toi, pour nous. Je souhaite que tu me voies un jour comme un père. Accepteras-tu de me faire une petite place dans ta vie ?
Manon se leva pour l'embrasser, le câliner. Elle avait perdu une mère, qui ne l'avait jamais été, gagné un père, qui désirait tant le devenir. Avant ce jour, elle n'avait ni l'un, ni l'autre.

La tête posée sur l'oreiller, tout contre son chéri, elle lui avoua se sentir plus légère depuis qu'elle savait que son père l'aimait. Elle s'était toujours demandé ce qu'elle avait pu faire pour que ses parents la tiennent en dehors de leur vie. Il s'était effacé devant sa femme, il était temps qu'il vive pour lui.

Lisbeth et Manon avaient décidé de se retrouver à la Baule, en cette fin avril. La thalassothérapie, différée depuis cinq ans, les attendait. Depuis son retour du Sénégal pour l'anniversaire de sa grand-mère, sa vie avait été bousculée, installation chez Malik, nouveau travail, accueil et surveillance de Mahalia, divorce de son père…Tous ces événements l'avaient ébranlée. Plus que jamais, elle avait besoin d'une pause. Elle accueillît ce séjour d'une semaine, en compagnie de la personne la plus chère en son cœur, comme une heureuse parenthèse.

Installées face à la mer, pour leur premier et très copieux petit déjeuner, elles établirent le programme de leur semaine. Trois soins par jour à définir : bain polysensoriel, enveloppement d'algues, massages sous pluie marine ou corporel, gommage, drainage lymphatique… suivis d'un long repos, sur de confortables chaises longues, dans le parc arboré, avec vue sur baie.

Après la balnéothérapie, une petite collation sur le pouce, elles partaient à la découverte des environs : longues plages de sable fin à longer les pieds dans l'eau avec en bruit de fond, les cris des mouettes, promenades dans les forêts de pins parasols remplis de chants d'oiseaux. Sous les conseils de la direction, elles programmèrent une visite au parc naturel de Briére où nichaient des cigognes blanches. Ancienne propriété d'un vicomte, leur hôtel offrait luxe et élégance. Sa cuisine inventive à base de produits de saison, les apéritifs dînatoires, les soirées à thème, les brunchs leur laissèrent en mémoire des moments inoubliables. Elles rêvaient depuis si longtemps de se laisser vivre au gré de leurs envies ; elles en profitèrent pleinement, en discutèrent longuement dans le TGV qui les ramenait vers Paris.

Malik, impatient, les attendait. Ils conduisirent Lisbeth Gare du Nord. Après l'avoir aidée à s'installer dans le T.E.R. direction Chantilly, ils flânèrent sur les quais de Seine, main dans la main, amoureux, heureux de s'être retrouvés. Tout juste franchis la porte de l'appartement, ils se retrouvèrent enlacés.

— Tu m'as manqué. Le lit était bien vide sans toi. Ma main te cherchait sous les draps, me revenait toute triste de ne pas t'y trouver.

Manon sentit une vague de désirs la submerger. Elle se noyait dans ses paroles, ses caresses. Elle se laissa balloter sous la houle déferlante. Elle fut emportée dans la tourmente de l'amour. Un va et vient incessant l'engloutit, l'emporta sur des rives où elle s'abattit épuisée, un goût de sel marin à la commissure des lèvres. Qu'il était bon parfois de se séparer pour mieux se retrouver.

Mahalia termina avec brio son année fac. Elle reçût de l'entreprise en fin de stage, une proposition de travail qu'elle évinça. Elle préférait partir une année à Londres pour parfaire ses connaissances juridiques et son anglais.

Laurence arriva mi-août avec son fils Yassine, âgé de dix sept ans. Longiligne, peau plus sombre que Malik, yeux foncés au regard profond, lèvres sensuelles, sourire cajoleur, il arborait une grande désinvolture. Parole aisée, il buvait son grand frère des yeux, trop heureux de partager quelques semaines avec lui. Manon lui fît forte impression. Il resta troublé, intimidé à son encontre. Le jeune homme à l'allure sportive décontractée : chemise grise, sweat

bordeaux posé sur les épaules, jean, baskets Goose, se mouvait avec grâce et élégance, envahissant tout l'espace. Adepte du street style, il incarnait la jeunesse, la joie de vivre. Heureux d'être à Paris, il s'extasia sur les principaux monuments, éclairés en cette fin de journée, qu'il apercevait depuis la voiture. L'avion avait pris du retard. Il était plus de vingt et une heures quand ils montèrent au deuxième étage de la Tour Eiffel, au Jules Verne, pour partager une cuisine française aux accents modernes. Ce lieu chaleureux, à cent vingt cinq mètres du sol offrait une vue imprenable sur la capitale.
Le jeune homme avait un mental de folie et une volonté de fer. Intéressé par les sciences, attiré par l'espace interplanétaire, interstellaire et son exploration, il brûlait, comme Thomas PESQUET, de devenir astronaute. Il allait débuter, à la rentrée de septembre, une formation d'ingénieur aéronautique. Après ses études, il ambitionnait de devenir pilote de ligne et convoitait d'entrer dans un centre d'études spatiales. Il rêvait de piloter une fusée SpaceX. Le tourisme dans l'espace se développant à grande vitesse, les vols habités pour des clients privés se multipliaient. Il profita de son séjour estival pour visiter avec Malik, au parc de la Villette, la Cité des Sciences et de L'Industrie, la Géode, le Planétarium. Ils s'initièrent à l'astronomie pendant une séance céleste de quarante cinq minutes et un voyage dans le système solaire leur expliquant les divers aspects de notre univers. Seul, il passa plus de six heures au Palais de la Découverte dans le huitième arrondissement, à s'épancher sur ses fabuleuses expositions, le corps, la lumière, la lune. Au musée de l'homme,

palais de Chaillot, il s'intéressa à l'humain dans sa diversité anthropologique, historique et culturelle. En famille, grâce à une relation, sur rendez-vous, ils se rendirent au centre national d'études spatiales pour y découvrir l'avant poste culturel des artistes, auteurs et chercheurs. Comblé, Yassine repartait avec des souvenirs et des désirs plein la tête.

Laurence, ravie de ses vacances, avait partagé de tendres moments avec ses deux garçons et sa petite Manon qu'elle chérissait comme sa propre fille. Tout aurait été parfait si Naël avait pu se libérer. Pour être ensemble, ils avaient fait quelques appels en vidéoconférences qui avaient rapproché tout le monde.

Au Sénégal, en cette fin de journée, Astrid, Benoît et Lola, l'infirmière, discutaient devant la porte de la maternité au soleil couchant.

Ils la virent s'approcher de loin. Pauvre hère décharnée, au ventre énorme, boubou déchiré, cheveux en désordre, traînant au sol des tongs abîmés, émincés. Vision d'épouvante dans une scène d'horreur. Elle titubait, trop faible pour avancer. Ils se précipitèrent pour l'aider, la soulevèrent pour la conduire à l'intérieur. Inconnue de l'équipe, elle parlait un dialecte impossible à reconnaître. Les paroles tombaient incohérentes d'une bouche aux lèvres pincées se tordant sous la douleur. L'accouchement commençait. Elle saignait abondamment. Lola la guida, l'allongea, prit sa tension, anormalement basse. Tous trois l'encourageaient, la rassuraient dans une langue qui lui était étrangère. Astrid lui faisait signe de pousser, pousser. Épuisée, au bord de la rupture, la pauvre mère laissa ses dernières forces dans un ultime effort qui délivra le bébé. Elle leur échappait. Immédiatement, Benoît pratiqua un massage cardiaque pour la ranimer, sans succès. Trop faible, son dernier souffle avait été pour la naissance de son enfant.

La petite fille, chétive, poussa son premier cri. Un cri anormalement perçant, qui rebondit sur les murs de la pièce comme pour prouver au monde entier qu'elle vivrait. Astrid la nettoya minutieusement avant de l'envelopper dans une grande serviette, la cacher sous une épaisse couverture pour la réchauffer. Elle lui prépara son premier biberon avec du lait infantile premier âge, sorti de sa réserve. Il était rare d'en utiliser, la majorité des femmes allaitant. La petite avait à peine une heure quand elle la fît boire.
— Ma pauvre puce, tu commences bien mal dans la vie. Ta maman vient de nous quitter. Il va falloir retrouver ta famille.

Lola s'occupa de la mère. Elle la toiletta, la coiffa, lui enleva sa loque avant de lui passer un boubou propre tout juste tiré de l'armoire.
— Elle est belle, n'est-ce pas ?
— Magnifique ! Fais une photo avec ton téléphone. En jeep, avec Benoît, vous allez rechercher d'où elle vient. Vous la montrerez aux chefs de villages. On doit absolument trouver qui elle est.
Toute la journée, ils fouillèrent sans résultats. Certains curieux demandaient pourquoi elle était sur le téléphone.
— Elle est morte en mettant au monde sa petite fille.
Alors les visages se fermaient, les lèvres restaient soudées. Personne ne voulait élever un enfant sans mère, qui plus est, une fille. Trop de misère à supporter, alors celle des autres !

Astrid garda l'enfant dans ses bras, serré contre son cœur. Petite plume fragile, si légère. Elle se mit à chercher un prénom. Aurora, t'irait bien ! Tu sembles bien parée pour combattre. Lui revînt en mémoire une berceuse qu'elle lui murmura à l'oreille

*Dodo, l'enfant Do, l'enfant dormira bien vite*
*Dodo, l'enfant Do, l'enfant dormira bientôt.*

L'équipe rentra, épuisée, sans avoir trouvé d'indices. Impossible de situer l'endroit d'où elle venait. Aucun renseignement susceptible de les diriger pour l'identifier. Avec la chaleur, il ne pouvait la garder plus longtemps au centre. Il fallait l'enterrer. Ils trouvèrent un emplacement, plantèrent une croix. Sur celle-ci, ils nouèrent un foulard pour la repérer plus tard, si nécessaire. Ils recouvrirent la butte de fleurs de bougainvillées. Personne n'était venu, tous savaient. Ils se recueillirent en silence avant de l'abandonner, anonyme.

Astrid se chargea de déclarer la naissance à l'officier de l'état civil. Une déclaration, sans nom et sans prénom ! L'officier sidéré la toisa de la tête aux pieds.
— Ici, beaucoup de parents ne déclarent pas leurs enfants. Vous, vous voulez déclarer une fille qui n'a pas de parents. Je ne peux pas faire ça !
— Pourriez-vous la déclarer sous mon nom ?
— Bien entendu, vous avez vos papiers ?

Ainsi fut déclarée la petite Aurora.

Le rêve d'Astrid d'être mère se réalisait dans d'étranges circonstances. Elle envoya un mail à son amie Manon :

*Mon retour va être différé de quelques semaines, voire quelques mois. Je suis maman d'une petite Aurora, orpheline à la naissance. Elle n'a pas de famille. Je l'ai déclarée comme ma fille. J'ai demandé au consulat un passeport. J'attends. Tu serais folle d'elle : si belle, une vraie poupée.*
*J'ai bien reçu ton argent qui permet d'agrémenter le petit-déjeuner de tes précieuses petites bouilles de fruits, de chocolat...*
*J'ai aussi acheté des shorts, t-shirts, sandales.*
*Merci pour eux.*
*Amitiés*

Aurora, petit rayon de soleil allait égayer la vie compliquée de la sage-femme. Manon avait grande hâte qu'elles reviennent.

Ce fut après cette belle nouvelle, qu'ils retournèrent à Pierrefonds. On était en décembre. La campagne privée de toute végétation, montrait toute sa nudité : des champs abandonnés, des arbres dépouillés comme morts. La petite ville, désertée de ses cent cinquante milles touristes, recroquevillée sur elle-même, endormie, rayonnait sous les lumières de Noël. Olivier avait fait un feu dans la cheminée, foyer ouvert, où crépitaient les bûches qui se calcinaient, envoyant quelques fumerolles dans le conduit. Allumé depuis un moment, les braises rougeoyaient. La chaleur envahissait les corps, les cœurs. Dans

cette ambiance cosy Aida annonça la grande nouvelle.
— Nous allons être parents début juin. Vous êtes les premiers à le savoir. J'espère qu'Astrid sera rentrée.
Manon rassura son amie,
— Ne t'inquiète pas. Je suis là, moi.

Tous fêtèrent la bonne nouvelle au champagne sauf Aida. La journée se passa agréablement. Ils se sentaient bien dans cette petite ville provinciale. Olivier s'était intéressé à l'histoire de la cité, initialement appelé Pierrefonds les Bains, connue pour ses eaux sulfureuses, réputées pour soigner les maladies respiratoires, les affections de l'estomac, les douleurs articulaires et les maladies de peau. Les sources existant toujours, il se passionnait pour leur rénovation.

La ville accueillait au dix-neuvième siècle de très nombreux curistes, arrivant du nord de la France, de Paris qui séjournaient dans de grands hôtels bordant le lac. Un hôpital militaire occupa les lieux à la première guerre mondiale. Les infrastructures ayant été détruites en partie sous les bombardements, le thermalisme disparût. Pierrefonds perdit ses bains. Il n'en demeura pas moins que la ville gardait un esprit conquérant. Aida s'était fait sa place dans cette commune. Elle organisait des initiations à la cuisine, danses et chants sénégalais attirant quelques femmes esseulées et des jeunes désœuvrés. Le couple était ravi de cette vie simple et chaleureuse. De nombreux habitants s'arrêtèrent pour les saluer quand ils visitèrent le château, marquant leur popularité.

Après avoir franchi le pont levis, les quatre amis débouchèrent dans une grande cour où des faces hideuses de gargouilles et chimères les accueillirent. Des singes, chats, salamandres, vampires, dragons, créatures fantastiques, plus étranges les unes que les autres semblaient rugir, mugir, bêler, cracher du feu par la bouche, les yeux. Rictus terrifiants, étonnants qui surprirent nos deux parisiens. Ils s'égarèrent dans un véritable labyrinthe de passerelles, portiques et galeries. Ils arpentèrent la grande salle des Preuses avant de se rendre au bal des Gisants, dans la crypte du château. Nos visiteurs partirent alors pour un voyage étrange, mystérieux avec une centaine de sculptures de lumière qui chuchotaient. Manon se sentit mal, à la limite du malaise dans cette atmosphère oppressante. Ce château intriguait de l'extérieur, impressionnait sitôt ses portes passées. En sortant, ils s'arrêtèrent pour acheter du boudin noir chez le meilleur maître artisan charcutier de la ville et des canelés, galettes, macarons vendus au marché de Noël. Ces pâtisseries appréciées au retour avec un bon thé chaud au gingembre revigorèrent tout le monde.

Manon, qui avait rendez-vous avec son père le lendemain, évoqua sa visite au château. Antoine connaissait bien l'endroit. Scout, il avait campé dans le parc, se souvenait y avoir entendu des bruits étranges, vu des yeux briller dans la nuit, aperçu des silhouettes fantomatiques. Enfants, ils avaient fabulé, enjolivé leurs aventures qui avaient meublé leurs soirées de louveteaux. Écouter son père parler de sa jeunesse la réjouissait toujours. Plus elle découvrait de choses, plus elle se rapprochait de lui. Elle l'avait toujours trouvé distant, froid, il se révélait sensible, chaleureux. Le duo père, fille se construisait au fil du temps. Quant à Elisabeth et Henri, ils retrouvaient leur fils comme il l'avait élevé, disponible et ouvert aux autres.

Antoine déposait ses notes de musique de danses contemporaines, en remplacement de ses sonates, fugues et menuets.

Avec Manon, il dansait le slow.

Ils s'apprivoisaient, appréciaient les moments partagés aux théâtres, musées, restaurants en tête à tête. Sitôt que Malik s'absentait pour ses gardes, congrès, séminaires, père et fille se téléphonaient pour convenir d'un rendez-vous.
— Si ce n'était pas ton père, je serais jaloux, lui confiait son chéri.

Avec Elisabeth, Antoine dansait le tango.

Il l'accompagnait dans ses balades en forêt, l'aidait dans son jardinage, fréquentait avec elle les églises. Ils aimaient s'asseoir et discuter. En communion, ils évoquaient la jeunesse de Manon. En pénitence, il expiait pour ses absences, se rendant compte de tout ce qu'il avait manqué. La dernière fois qu'il avait rendu visite à sa mère, elle était installée sur la terrasse. Des rouges-queues avaient niché dans une petite cabane et venaient sans cesse nourrir des oisillons commençant à déborder du nid. Ils claquaient du bec pour les effrayer. Le départ des petits étant proche, Elisabeth se pressait de les croquer au fusain. Pendant l'hiver, elle retravaillerait les esquisses ou les transformerait en tableaux. Il était son premier et seul critique.

Avec Henri, il dansait le Paso doble.

Il cuisinait, faisait goûter à son père ses plats inventifs, épicés. En retour, Henri jouait au sommelier, lui faisant déguster ses plus riches vins, en réserve dans sa cave. Parfois, tôt le matin, père et fils se donnaient rendez-vous pour aller taquiner le brochet dans la nonnette. Ils profitaient du lever de soleil, du vol d'un héron se posant pour se reposer ou pêcher, de la traversée d'une couvée de canards voire du passage d'une biche, d'un écureuil en équilibre sur une branche pour se désaltérer.

Depuis peu, Antoine avait rencontré Nora, vendeuse d'épices sur le marché de Chantilly, maman d'une petite Julie, âgée de huit ans, Cette jeune mère célibataire, accompagnée chaque samedi de son enfant, donnait des conseils pour relever, adoucir, assaisonner les plats. Il appréciait son stand, joliment décoré, tous ses sacs remplis d'épices colorés, odorants dont il apprenait les noms et leur accommodation au fil du temps. Il apprit qu'ils pouvaient être faits d'écorces, de fleurs, de feuilles, de fruits, de bulbes, de graines. Commença alors dans sa cuisine, une impressionnante collection : poivre de Sichuan, maniguette, macis, paprika, sumac, gingembre, curcuma, coriandre, cannelle, badiane pour flatter marinades ou plats mitonnés. La jeune femme, souriante, aimable, grands yeux noisette, cheveux noirs bouclés, voix charmeuse, l'avait attrapé dans ses filets, un piège qui ressemblait de plus en plus à l'amour.

Avec Nora et Julie, il dansa la valse ; une valse à trois temps, jalousement gardée secrète.

Il invita Nora au café Sylvia, au restaurant l'Avenue pour faire plus ample connaissance. Rendez-vous acceptés, appréciés. Nora, maghrébine, de père tunisien, de mère algérienne, née en France fût abandonnée par son ami sitôt sa grossesse révélée. Un cancer du sein, deux ans après la naissance de son enfant, lui avait demandé des efforts d'adaptation dans un nouveau travail, la garde de son enfant, sa reconstruction physique. La guérison étant maintenant consolidée, son activité lui permettait de garder une relative indépendance. Sa mère Zora, habitait le sud de la France. Elle prenait l'avion, quand sa fille avait besoin d'elle. Elle apportait dans sa valise peu d'habits mais des fruits, légumes de son jardin, des pâtisseries orientales au miel, amandes, noix, dattes, graines de sésame : baklava, zlabia, cornes de gazelle, basboussa au lait, sablés à la pistache, makrout orange confite et dattes… Julie attendait impatiemment sa grand-mère et la valise de l'amour. La petite fille ne voyait son grand père que pendant ses vacances d'été dans le sud. Il refusait de sortir de son confort. Elle profitait de son séjour pour le découvrir. Rejointe chaque année par sa mère, ils partageaient de tendres moments, riches en souvenirs, la mer, les fêtes avec ses manèges, les glaces, les sucettes, les barbecues avec les cousins, cousines. Même si son père n'avait jamais rien dit, Nora devinait sa réprobation quant à sa situation de fille mère.

Antoine était lui, très admiratif de cette femme de trente huit ans se battant seule. Il avait une folle envie de la prendre sous sa protection, de l'aider. Il invita mère et fille pour un déjeuner. Un lapin mijoté aux herbes, une mousse aux deux chocolats comblèrent nos deux invitées peu habituées à tant d'égards.

A sa première visite au conservatoire, Julie marqua d'emblée un vif intérêt pour le piano. Elle s'installa d'office sur le tabouret, laissa courir ses doigts sur les touches faisant sortir de l'instrument des sons doux, harmonieux. Impressionné, Antoine interrogea Nora
— Elle a déjà joué ?
— Non, jamais !
— Ta fille a l'oreille absolue, une oreille musicale innée. Si tu le veux, je peux lui enseigner le solfège pour qu'elle puisse utiliser le piano. Ce serait dommage de ne pas exploiter ce don.
La petite qui avait entendu les propos, lui sauta au cou
— Oh, merci Antoine, tu ferais ça !
— Si ta maman est d'accord ! Tu pourrais apprendre chez moi, à ton rythme, après ton travail scolaire, bien entendu gratuitement, juste pour tes beaux yeux.

Nora accepta. La valse tournait, tournait, tournait, emportant avec elle trois cœurs remplis de rêve, d'attente et d'amour.

En mai, Malik programma un séjour d'une semaine à Evian pour faire plaisir à sa princesse. Jeune, Manon et ses grands-parents passaient leurs vacances d'hiver à la station de ski toute proche. Souvent elle parlait des chocolats chauds, des crêpes ou raclettes qu'elle dévorait après ses interminables descentes en skate. Ils entassèrent dans la voiture sacs à dos, chaussures de marche, vestes coupe-vent en goretex, baskets, équipements running pour sportifs confirmés sans oublier les maillots de bain. Le quotidien, lourd de responsabilités leur laissait peu de loisirs. Ce break était le bienvenu. Ils quittèrent l'autoroute à Annemasse, traversèrent Thonon-les-Bains, stoppèrent devant l'hôtel Ermitage, situé dans un parc de dix neuf hectares. Deux piscines, spa, salle de sports donnant sur la dent d'Oche, leur permettraient de s'adonner à leurs activités favorites. La chambre, avec balcon vue sur lac, équipée d'un lit King size, de deux fauteuils cosy violet, d'une table basse, claire, sobre et fonctionnelle invitait au repos.

— Ce super grand lit nous tend les bras, ma chérie, si on le testait !

Il s'approcha de Manon, commença à l'effeuiller, fît tomber le chemisier en soie, déboutonna le jean, dégrafa le soutien-gorge, mit sa main dans le string

qu'il accompagna de ses lèvres dans sa descente le long des jambes. Le laissant choir, il remonta vers la toison d'or qu'il embrassa goulûment avant les seins et la bouche qu'il dévora. Il la fît reculer jusqu'à la couche avant de la basculer. Impatient, il la pénétra brutalement mais le chemin était grand ouvert sous l'excitation partagée. Il lui laboura les reins de grands coups de butoir s'accélérant sous les gémissements de sa partenaire, au paroxysme de l'attente et du plaisir. Il explosa en elle. Des spasmes secouèrent leurs deux corps unis dans ce voyage interstellaire. Comblé, Malik se laissa tomber, assouvi.
— Excuse-moi, j'étais si impatient. Tu as aimé ?
Manon, pas tout à fait repue, le chevaucha…
— Ne crois pas que tu vas t'en tirer comme ça !
Le torse droit, les seins tendus, elle s'appliqua à réactiver l'érection en se frottant, féline, sur le sexe de son compagnon, avant de s'empaler. Jambes croisées autour de sa taille s'agrippant à sa nuque, Malik la maintint en suspension pendant toute la jouissance qu'elle-même orientait.
Qu'elle était belle à regarder, cheveux en bataille, visage extasié, gorge déployée, yeux mi-clos. Fatigués du voyage et des extras, ils s'endormirent.

Le soir, installés au restaurant, ils programmèrent leur journée du lendemain : marché du mardi dans le quartier de l'église, flânerie, balade fleurie et paysagée le long du lac, shopping rue piétonne.
Le mercredi, ascension des Mémises à Thollon avec comme point de mire, le Léman. Ce lac en forme de croissant situé entre la France et la Suisse, s'étalait de Genève à Montreux. Très prisées des pêcheurs, ses

eaux profondes regorgeaient de brochets, perches, truites, ombles chevaliers, corégones, écrevisses. Tous les restaurants les proposaient à la carte du menu pour le plus grand plaisir des touristes. Au départ de la télécabine, chaussures de marche aux pieds, ils endossèrent leurs sacs contenant le repas froid du déjeuner, préparé par le restaurant de l'hôtel. Ils attaquèrent leur première ascension. Longs lacets sinueux, larges, aisés, devenant de plus en plus caillouteux, resserrés. Au sommet, ils débouchèrent au pied de la piste d'envol des parapentes, traversèrent le restaurant pour rejoindre La Croix offrant une vue imprenable sur la vallée. Au pied d'un chalet inhabité, ils s'installèrent, déballèrent leurs boxes, se régalèrent d'une salade de pommes de terre persillées, œufs durs, jambon de montagne, tome de Savoie. Ils prirent le temps de se reposer avant de progresser jusqu'au point culminant de la Borée à deux mille mètres d'altitude. Ils traversèrent des forêts de sapins, aperçurent des bouquetins.

— Regarde Manon, le bleu du ciel et de l'eau se mélangent sous nos pieds, c'est réellement grandiose !

Satisfaits de leurs performances, ils redescendirent en peinant, freinant le rythme pour ne pas se laisser emporter. Les muscles du devant des cuisses, peu habitués à de tels efforts, tiraillaient. Les gens les saluaient de la télécabine, comme pour les encourager. Heureux de s'en être si bien sortis, ils se félicitèrent, burent un café à « l'Ourson » avant de reprendre la voiture. Le soir, ils s'endormirent rapidement après quelques baisers.

Le lendemain, ils prirent la navette maritime pour se rendre à Lausanne. Une demi-heure de traversée sur « le Rhône ». Chaque bateau portait un nom. Ils se laissèrent couler au fil de l'eau avant de déjeuner à la terrasse panoramique du restaurant « le Débarcadère » d'un filet de perche à la sauce meunière et d'une tarte au vin cuit. Ils longèrent les quais d'Ouchy reliant quelques grands parcs de la ville, flânèrent dans les ruelles animées pour rejoindre la superbe fontaine représentant la justice et découvrir l'horloge parlante animée. Ils gravirent les marches de la tour en bois de Sauvabelin pour profiter de la vue et d'un panorama à 360°. Leur escapade de la veille, leur ayant laissé quelques séquelles, ils redescendirent lentement. Après avoir acheté du chocolat, ils embarquèrent pour un voyage retour, aussi reposant que l'aller.

Le vendredi, Manon se gratifia d'une balnéothérapie à la station thermale. Malik en profita pour faire un dix huit trous mythique au golf. Rythmé, spectaculaire et stratégique, le parcours offrait un environnement naturel exceptionnel, des points de vue incomparables sur le Léman et les sommets alpins qui enthousiasmèrent notre joueur. Le samedi, ils s'octroyèrent une détente sur la plage aménagée d'Amphion les Bains avec baignades piscine et lac. La veille de leur départ, ils choisirent du sport en salle le matin et en chambre l'après-midi ! Le lundi, ils reprenaient la route, gonflés à bloc

A leur rentrée un message d'Astrid annonçait son retour.

*Peux-tu venir nous chercher à Roissy samedi prochain. On voyage léger, ne t'inquiète pas.*

Juste à temps pour l'accouchement d'Aida.

Manon attendait, impatiente, le vol en provenance du Sénégal. Elle les vit enfin arriver. La petite, dans le dos de sa mère, tournait la tête dans tous les sens, intriguée. Âgée de onze mois, cheveux crépus, yeux noirs immenses, nez légèrement épaté, joues rebondies, elle respirait la santé. Astrid lui fit signe. Un large sourire inonda son visage. Elle avait beaucoup maigri, parût à Manon plus grande que dans son souvenir. Le bonheur émanait du duo mère/fille. Un bonheur à l'état pur, découlant d'un hasard improbable. Manon lui tendit un cadeau de bienvenue. Elle le déballa sur le champ. Une statuette de la Vierge de Tendresse à l'enfant Jésus, en résine, ton ivoire patiné, de réalisation artisanale l'émut aux larmes. Elle l'embrassa tendrement.

— Merci, ma belle. Ta piété et ta Vierge ont placé Aurora sur mon chemin. Je ne crois guère à tous ces balivernes mais je ne peux m'empêcher de penser qu'elle m'a fait ce cadeau. A moi de veiller sur la petite et d'être à la hauteur.

En quittant l'aéroport, l'enfant s'endormit dans les bras de sa mère. Manon les conduisit dans le quatorzième arrondissement. Astrid y avait loué un appartement avec Airbnb, le temps de se retourner.

— Demain, je vous conduis à l'hôpital où travaille Malik. Il veut te parler du suivi pour ta fille, l'examiner. Tu es en France, tu dois te conformer aux visites obligatoires !

En les quittant, Manon sentit un énorme vide affectif. Elle rêvait d'enfant depuis un moment déjà. Elle attendait de leur séjour en amoureux à Evian la concrétisation de ses attentes.

Un message de son père sur son téléphone les conviait à un déjeuner à Chantilly le dimanche suivant. Quelle pouvait bien en être la raison ? D'habitude, ils se retrouvaient tous chez Lisbeth ou au restaurant. Elle se réjouît de cette perspective. Quand ils arrivèrent, les grands-parents installés au salon prenaient l'apéritif. Après les embrassades, Manon constata que la table était dressée pour sept. Elle s'abstînt de questionner. Un coup de sonnette vînt les surprendre. Antoine se précipita pour ouvrir. Il s'effaça devant une jolie brunette, suivie d'une petite fille
— Je vous présente Nora et Julie. Elles vont partager notre repas dominical.

Malik apprécia le déjeuner à connotation orientale, arrosé d'un Patrimonio aux tannins souples marqués par des accents de réglisse. Manon surveillait son paternel, aux petits soins pour ses deux invitées particulières, n'acceptant l'aide de personne, excepté celle de Nora, très à son aise dans l'appartement. Chaleureuse, discrète, avenante, la jeune femme conquît toute la famille. Julie, elle, suivait Antoine partout en s'extasiant sur les plats, surtout les gâteaux faits maison.

Pour digérer, ils se promenèrent en famille dans la ville. Julie, Nora et Antoine se tenaient par la main. Agréablement surprise de la tournure des événements,

nos convives se quittèrent après des effusions marquées
— Lisbeth, tu étais au courant ? demanda Manon
— Absolument pas ! Je suis très heureuse. Enfin, une femme qui lui convient. Pardon Manon, je ne devrais pas dire ça. Ta mère…
— Ne t'inquiète pas, Lisbeth, tu connais mes sentiments à ce sujet. Je suis si heureuse pour papa.
En rentrant sur Paris, la jeune femme déclara à son compagnon
— Mon père a trouvé le bonheur. Il est rayonnant. Elle a beaucoup de chance Julie. Il sera un très bon père.

Début juin, Olivier appela Astrid et Manon. Le bébé s'annonçait. Aida les réclamait. Malik loua un 4x4, tous partirent pour Pierrefonds. Tentée d'accoucher à la maison, comme elle l'aurait probablement fait au Sénégal, Aida suivit cependant les judicieux conseils de son amie sage-femme. Astrid accompagna le couple à la maternité, confia Aurora à nos amoureux comblés. Très éveillée, l'enfant commençait à manger seule, à faire quelques pas. Malik l'avait reconnu en parfaite santé. Ils se régalèrent de sa présence. Aida accoucha d'une petite Yséa de trois kilos cinq. Le carnet rose s'enrichissait d'une nouvelle venue. Tous trinquèrent à la santé de la mère, du nouveau-né avant de partager le dîner froid préparé par Manon. Astrid allait rester quelques jours pour aider Olivier dans les tâches domestiques.

Mahalia se présenta sans prévenir début juillet au domicile de nos tourtereaux, accompagnée de son boy-friend écossais Ian, chanteur et joueur de guitare.

Toujours Bobo, elle continuait à fréquenter des artistes idéalistes, quelque peu arrogants. Ils s'étaient installés, occupaient la chambre d'amis, n'en sortaient qu'à la tombée de la nuit, comme des oiseaux de proie. Noctambules, ils festoyaient chaque soir jusqu'au petit matin, ne rentrant que lorsque Manon et Malik partaient travailler. Ils fréquentaient les hippies-chics, les rock'n'roll, les couche-tard dans les clubs, les boites de nuit, le bus Palladium du South Pigalle, le Rex club, les péniches festives…Malik n'arrivait pas à comprendre sa sœur. Deux personnalités l'habitaient : une sérieuse, réfléchie, l'autre désinvolte, primesautière. Une fois encore, ils furent soulagés de la voir repartir. La tension étant omniprésente. La courtoisie de Malik avait des limites.

Manon déjeunait avec son père quand il lui annonça, quelque peu intimidé, son remariage. Divorcé maintenant de Fiona, il voulait apporter la sécurité à Nora dont il était follement épris. La petite l'aimait comme un père et partageait ses affinités pour la musique. Douée au piano, elle allait bientôt participer à son premier concert au sein du conservatoire, coachée par Antoine. Réceptive, disciplinée, elle avançait vite. Enthousiaste, il avoua à sa fille se sentir heureux comme jamais auparavant.

— J'aimerais l'adopter. Avant je veux connaître ton avis. Si tu n'es pas d'accord, je comprendrais.
La jeune femme n'avait jamais rien attendu, ni rien demandé. Elle lui donna son acquiescement.
— Papa, je me demande de quel droit je pourrais t'empêcher de faire de Julie ta fille. Je ne peux bien sûr qu'adhérer à ta demande.

Deux mois plus tard, le mariage eut lieu dans la plus stricte intimité, en présence des grands-parents, de Julie, de la mère de Nora, de Manon/Malik et de deux témoins, amis du couple. Tous se rendirent à l'hôtel de ville de Chantilly avant de partager un repas au restaurant gastronomique « le Verbois ». Ils déjeunèrent dans une superbe véranda d'une bâtisse du dix neuvième siècle, un cadre lumineux et verdoyant. Le soleil rayonnait au dehors et dans les cœurs de chaque invité. La mariée, dans un sobre tailleur rose-nacré resplendissait. Le marié dans son costume sombre égayé d'un nœud papillon ivoire exultait. La petite, toute en dentelle, était aux anges. Le bonheur était là, visible, palpable. Manon avait maintenant une petite sœur. Un peu tard. Elle qui en avait rêvé si souvent…

En Égypte, ce jour de janvier, Laurence était en retard pour rejoindre Naël à la banque. Ils s'étaient donné rendez-vous pour déjeuner ensemble. La circulation particulièrement dense l'empêchait d'avancer. Plus elle se rapprochait, moins ça roulait. Au loin, elle distinguait une épaisse fumée noire assombrissant un ciel azuré. Des camions de pompiers, des ambulances essayaient de se glisser dans les files de voitures pratiquement à l'arrêt. Elle se dit qu'il devait y avoir un incendie ou un accident. Elle essaya de se frayer un passage, à la suite des véhicules prioritaires, sans aucun résultat. Elle laissa un message à son mari qui ne répondait pas au téléphone :

*Naël, je vais être en retard. Je ne sais pas ce qui se passe mais la circulation est bloquée. On avance au pas.*

Décidément, rien n'allait…

A douze heures trente, Naël sortit de la banque avec trois de ses collègues. Il se dirigea vers le bas de la rue pour attendre sa femme. L'espace d'une seconde, il aperçut le colis abandonné sur le trottoir. Trop tard. La bombe minutée explosa. Son corps, soulevé du sol, se désintégra avant de s'éparpiller avec les cadavres de cinq autres victimes.

Laurence s'avança sur le parking et se gara. Stoppée par un barrage policier, elle entendit le bruit qui courait : une bombe venait d'exploser, faisant six morts et onze blessés graves. Elle sentit tout son corps se rétracter, son ventre se nouer. Mais non voyons, que vas-tu imaginer! Tu vas le retrouver, le serrer dans tes bras.

— Comme je t'aime mon mari chéri. Il faut que je te le dise dès que je te verrai.

Naël travaillant à la banque, on la laissa passer. Elle le chercha partout, dans les couloirs, les bureaux, les salles de réunion. Elle attendit les montées, les descentes des ascenseurs. Certains collègues l'avaient rejointe. Personne ne savait où Naël pouvait être. Une, deux, trois heures plus tard, elle avait perdu la notion du temps, un officier de police se présenta à la réception avec en mains des portefeuilles. Laurence attendait dans le hall. Elle se rapprocha. Son cœur défaillit. Elle reconnût celui acheté quelques mois plus tôt, pour l'anniversaire de son mari. Elle s'évanouit. Ce ne pouvait être qu'un cauchemar. Elle ne voulait pas ouvrir les yeux. Affronter la réalité était au-dessus de ses forces. Garder encore un instant l'espoir… Son téléphone sonna. Yassine essayait de la joindre depuis plusieurs heures. Instinctivement, elle décrocha. Elle fût incapable de prononcer un seul mot, elle sanglotait, des larmes coulaient à flot. La réceptionniste lui prit le portable.

— Peux-tu venir, Yassine, ta maman a besoin de toi.

Le jeune homme imagina son père blessé. A la radio, ils parlaient de l'attentat : onze personnes étaient gravement atteintes. Il se fît conduire à la banque. Sitôt franchi la porte, il l'aperçut, hagarde, recroquevillée, vieillie. Elle s'écroula dans ses bras
— Il est parti, Yassine, il ne reviendra plus jamais.
Unis dans leur douleur, serrés l'un contre l'autre, ils durent attendre pour l'identification. En fin de soirée, on les conduisit à la morgue. Accompagnés d'un policier, il leur fallait reconnaître Naël. Le corps était en morceaux. Il avait été grossièrement reconstitué avant d'être dissimulé sous un drap. La tête était presque entièrement bandée. On les empêchât de s'approcher. Ils reconnurent ses yeux. Ensemble ils hochèrent la tête. C'était bien lui, figé, immobilisé pour l'éternité.

Malik faisait ses consultations quand il reçut l'appel téléphonique de sa mère. Impossible de décrocher. Il se promit de rappeler. Trois heures plus tard, en rallumant son portable, des appels en nombre de Laurence, Mahalia et Manon le firent paniquer. Il appela le premier numéro. Devant l'horreur, il murmura :
— J'arrive maman. Soyez courageux tous les deux. Je viens m'occuper de vous.

Manon ouvrit la porte de son bureau. Elle le vit effondré dans son fauteuil. Elle s'approcha, lui enserra la tête, la dirigea vers son ventre, lui baisa les cheveux, les yeux.

— Je suis là, mon amour. J'ai déjà réservé les billets d'avion. Nous devons partir tout de suite.
Malik apprécia sa réactivité. Il se laissa guider, incapable de réfléchir. La jeune femme avait glissé dans deux valises cabines quelques vêtements et conduisit jusqu'à Roissy. Ils arrivèrent en Égypte le lendemain, au lever du jour.

Mahalia avait pris l'avion à Londres. Elle était déjà là quand ils franchirent la porte de cette grande demeure en deuil que Manon ne connaissait pas. Elle n'avait jamais rencontré Naël. Ils se parlaient souvent sur Viber après avoir calqué leurs emplois du temps. Malik n'avait pas revu son père depuis trois ans, s'en voulait et regrettait. Ils devaient cette année passer leurs vacances d'été au Caire et Alexandrie. Tout était programmé, réservé…

En voyant ses enfants et Manon réunis, Laurence craqua et se laissa aller. Elle raconta son rendez-vous manqué pour déjeuner, son impatience de retrouver Naël pour le serrer dans ses bras avant que tout s'arrête... Malik, maintenant chef de famille, reprît les rênes. Il organisa un enterrement, sobre et simpliste, dans les vingt quatre heures, comme le veut la tradition. Trois amis de son père portèrent la civière où le défunt, recouvert d'un drap, reposait. Tous les collègues, connaissances de la famille récitaient la Shahada sans fin :
*Il n'y a de Dieu que Dieu et Mohammed est son prophète.*
La civière fut déposée près de la tombe, le visage placé en face de l'axe de la Mecque. L'inhumation se

fit en pleine terre. Les trois jours qui suivirent, la famille reçût les condoléances. Les repas leur étaient préparés et servis par la communauté musulmane. Laurence ne connaissait personne. Naël fréquentait seul la mosquée et n'en parlait jamais. Malik voulait que sa mère et Yassine rentrent en France avec eux mais Laurence refusa. Elle devait terminer son année de professorat et son fils sa première année d'ingénieur.

— Je vais rester jusqu'aux vacances. Quand vous viendrez cet été, je saurai ce que je veux. Rentrez maintenant. Vous devez reprendre votre travail. Je vais avoir beaucoup de choses à régler ici.

Cette vie, soustraite à une famille unie, aimante demandait des comptes. Les blessés, réclamaient réparation. Difficile une fois encore d'accepter l'inexplicable comme l'avait été l'accident de moto et le coma de Manon. Les grands-parents téléphonaient au couple régulièrement, leur apportant soutien et réconfort. Parler de Naël, rencontré pendant leur séjour en Égypte, évoquer les souvenirs faisaient du bien à Malik.

Les jeunes gens, plus soudés que jamais dans la douleur et la perte d'un être cher, cherchèrent dans leur amour et leurs échanges un baume pour panser une si grande souffrance. Habitués dans leurs métiers à côtoyer la mort, ils n'avaient jamais imaginé ressentir un tel manque, une telle injustice, si vite et si jeunes.

Ce fut également un électrochoc pour Mahalia qui perdit son insouciance en même temps que sa vie de libertine. Elle quitta Londres, seule, Ian n'ayant pas été à la hauteur de ses attentes. Elle vînt s'installer à Paris pour rester proche de son frère, accepta un poste d'avocate dans une multinationale à La Défense. Premier quartier d'affaires européen avec mille cinq cents sièges sociaux et cent quatre vingt mille salariés, elle n'eut que l'embarras du choix pour trouver un engagement. Son excellent cursus professionnel, ses références universitaires la conduisirent à un poste de haut niveau lui laissant peu de temps pour se lamenter. Elle se jeta à corps perdu dans le travail. Elle passait ses courts moments de détente au Hammam pour femmes. Elle se faisait frotter énergiquement le corps avec un luffa, pour un peeling, avant de se laisser envelopper dans un masque bénéfique. Elle voyait dans cette pratique une purification qui la détendait, la libérait de toutes ses tensions. Après ces rendez-vous, elle s'endormait sans penser à son père en ruminant sa détresse…

Astrid qui cherchait du travail depuis son retour, trouva un poste de sage-femme à la polyclinique Saint Come de Compiègne. Doté d'un équipement médical de pointe, d'un grand confort pour la mère et l'enfant, le service maternité permettait de travailler dans de bonnes conditions. L'ambiance y était chaleureuse. Elle repensait souvent aux parturientes de Podor, à la confiance de toutes ces femmes suivies au dispensaire écoutant ses conseils sur la contraception, finissant par l'adopter. Séduite par la ville de Compiègne, deuxième ville du département avec ses quarante mille habitants, elle avait acheté une maison en lisière de bois, légèrement excentrée. Au confluent de l'Aisne et de l'Oise, bordée de forêts majestueuses, cette cité royale, impériale riche de souvenirs, de monuments attirait beaucoup de visiteurs. Manon connaissait bien le centre ville, attractif et dynamique, ses rues piétonnes, ses terrasses bondées pour y être venue souvent avec Lisbeth pendant son enfance. Ses nombreux commerces en faisaient une ville où on aimait bien vivre.

A leur première visite chez leur amie, Malik et Manon visitèrent le château. Entièrement meublé, décoré, ce haut lieu historique impressionna fortement le jeune homme. Plus encore l'imposante collection de voitures hippomobiles comprenant pas moins de quatre vingt spécimens : voitures d'apparat, de ville, de voyage, de promenade, de sport. Ce château avait été l'une des trois plus importantes résidences royales où chasses, concerts, pièces de théâtre occupaient les journées des personnalités proches du pouvoir. Le parc, le jardin des roses recelaient une grande variété de coloris et d'essences que l'on pouvait admirer, respirer. A quinze kilomètres du carrefour royal on pouvait rejoindre Pierrefonds par la forêt, sous des hêtres magnifiques. C'était l'une des promenades favorites d'Astrid pour se rendre chez ses amis en compagnie de sa petite Aurora.

Aida, devenue sage-femme titulaire, avait atteint le but qu'elle s'était fixée au Sénégal. Elle avait quitté l'hôpital pour rejoindre son amie à Saint Come. Qu'il était beau le chemin parcouru, ces trois dernières années, si éloigné de sa pauvre jeunesse, si prometteur pour l'avenir. Elle avait eu des nouvelles de son père par sa cousine Amanita. Il ne voulait plus entendre parler d'elle. Elle avait sapé avec désinvolture son autorité. Lui, grand marabout avait été ridiculisé, humilié aux yeux de tous. Jamais, oh grand jamais, il n'oublierait, lui pardonnerait. Elle lui écrivit pour l'informer de la naissance de la petite Yséa. Elle l'invita à les visiter, proposant de payer le voyage. Elle ne reçût aucune réponse.

Proches l'une de l'autre, les deux sages-femmes, mamans, avaient inscrit leurs filles dans une même crèche. Elles se voyaient régulièrement pour faire du shopping, des sorties aux théâtres, cinémas, musées. Olivier, bon père de famille gardaient les filles qui s'élevaient ensemble, comme des sœurs. Cet homme discret, d'une extrême gentillesse, patient se plaisait en compagnie de Malik. Ils se félicitaient tous deux de l'excellente entente entre les trois femmes. Ils savaient qu'en cas de besoin, elles pourraient toujours compter l'une sur l'autre. Quelquefois, ils reformaient leur équipe sénégalaise pour s'amuser. Ils revêtaient leurs boubous, leurs moussors, tapaient sur les djembés. Le jeune pédiatre buvait le vin de palme. Peu habitué à consommer de l'alcool, il se saoulait rapidement et sortait de sa réserve habituelle. Il chantait, dansait, se trémoussait accompagné par Aida ravie.

En bon juriste, Naël avait anticipé et réglé tous les problèmes de succession, ce qui facilita considérablement les démarches de Laurence. Elle découvrît qu'il avait alloué une coquette somme d'argent à une personne qu'elle ne connaissait pas. Surprise mais pressée d'en finir, elle ne chercha pas à en savoir plus… Décidée, quittant l'Egypte définitivement, il lui restait la maison à vendre. Plus les jours passaient, plus elle se sentait frustrée. Elle n'acceptait pas l'inertie du gouvernement pour rechercher le ou les responsables de l'attentat. Isolée, démunie, elle n'avait qu'une envie se rapprocher de ses enfants en France. Ils étaient ses seules raisons de vivre. Dans son cœur, la perte de son époux était une plaie béante.

Pour sa rentrée d'octobre, Yassine s'était inscrit à l'IPSA de Paris pour une formation en cinq ans d'ingénieur spécialiste en ingénierie des systèmes aéronautiques et spatiaux. L'année terminée, passée au Caire fût considérée, dans son cursus, comme une année de prépa, lui facilitant son admission. Il séjournerait provisoirement chez Malik, si nécessaire.

Pas préparée à un tel drame, Laurence revivait la multitude de rôles que Naël avait tenus. Il était le compagnon de tous ses instants, le complice amoureux de ses nuits, le père aimant de ses enfants, une source de soutien et d'inspiration au quotidien. Vivre maintenant sans lui, assumer seule ses responsabilités, avoir une vision sur l'avenir, la submergeait tant l'ampleur de la tâche lui paraissait immense. Elle se croyait forte et entreprenante. Elle se découvrait faible et dépendante. Quand elle pensait à son mari, elle ressentait du désir, des pulsions sexuelles puissantes qui la laissaient dans l'attente, le refoulement. Elle se culpabilisait de ne pas l'avoir aimé assez, suffisamment remercié pour tout ce qu'il lui avait donné avec son amour, sa situation qui l'avait toujours tenue éloignée du besoin. Son deuil était impossible à faire. Il marchait dans ses pas, à ses côtés… N'allait-elle pas l'abandonner une deuxième fois en quittant le pays ?

Les vacances au Caire de Malik qui devaient être réjouissance et amour se transformaient en souffrance et impuissance. A chaque endroit connu et reconnu où il allait, il le vivait comme un adieu à sa jeunesse, son insouciance, ses rêves. Il se jura qu'il ne reviendrait plus dans ce pays qui lui avait volé son père. Son cœur saignait. Manon avait attendu ce voyage espérant vivre des moments aussi inoubliables que ses grands-parents pendant leur épopée mais elle n'arrivait pas à se détendre, le vivant comme un cauchemar. Dans les bras de sa Manon, le jeune homme puisait l'énergie nécessaire pour faire face, avancer. Elle lui maintenait la tête hors de l'eau, l'empêchant de sombrer. Il se reprochait chaque jour de ne pas avoir été plus présent pour ce père aimant qu'il idolâtrait, toujours à l'écoute, à le booster dans ses entreprises personnelles. Il avait manqué de temps pour pouvoir restituer un peu de ce qu'il avait reçu. Ce père, trop tôt disparu, ne connaîtrait jamais sa reconnaissance et sa gratitude.

Laurence vendît la maison à un collègue de Naël. Elle pouvait désormais s'en aller, plus rien ne la retenant. Le cœur lourd, l'âme en berne, ils quittèrent Le Caire, fin août. Par le hublot de l'avion, Malik vit se rétrécir puis disparaître la longue vallée du Nil, les plantations de céréales, les emblématiques papyrus, les territoires désertiques, les kilomètres de côtes sur la Méditerranée et la mer rouge. Il fuyait trente années de sa vie. Manon lui prit la main qu'il lui abandonna, inerte. Yassine et Laurence, assis devant eux, serrés l'un contre l'autre sanglotaient.

Manon avait loué, pour ses expatriés, un appartement dans le neuvième arrondissement, sur la rive droite de la Seine. L'opéra Garnier, les théâtres, les cinémas des Grands Boulevards, les transports en commun particulièrement nombreux, allaient leur permettre de s'adapter très rapidement surtout de garder une vie sociale enrichissante. Laurence trouva un poste de professeure au lycée Jules Ferry. Elle pouvait y aller à pied. Pour meubler ses soirées solitaires elle donna des cours de français rémunérés à la mairie pour des immigrés super diplômés, chercheurs, médecins, entrepreneurs… A l'aise dans sa langue maternelle, elle compléta par des cours gratuits d'alphabétisation pour les plus démunis. Elle comprenait toutes les attentes de ces pauvres gens désirant rapidement trouver un travail.

L'intégration de Yassine fut difficile. Marqué par son deuil récent le poussant à avancer, pour rassurer sa mère, il n'acceptait pas le laisser-aller de certains élèves, leur manque de sérieux. Les discussions n'évoquaient que soirées, fêtes avec défonces et alcools. Il dut éconduire des dealers qui le collaient, l'incitant à consommer. Il s'excluait de cette jeunesse dorée, insouciante, se marginalisant. Lui connaissait parfaitement ses buts. Rien, ni personne ne l'éloigneraient de ses objectifs, de la ligne de conduite fixée. Sportif, il se défoulait en éliminant ses angoisses dans la pratique du kung-fu, plus précisément du taekwondo. Cet art martial chinois lui apportait, en plus des capacités d'agilité et de souplesse, une force interne nécessaire pour se défendre.

Manon admirait la volonté de ces deux êtres courageux et déterminés. Elle les invitait souvent pour une soirée familiale. Mahalia les rejoignait. Parler, échanger faisaient du bien à tous.

En sortant de son travail ce jeudi soir, elle reçut un appel téléphonique d'Henri.

— Ma chérie, j'ai une triste nouvelle. Notre Harry est mort dans son sommeil. Nous l'avons découvert ce matin. Lisa est inconsolable. Peux-tu l'appeler. T'entendre lui ferait du bien.

La jeune femme s'arrangea pour passer la soirée avec eux. Elle prit le train Gare du Nord. Henri l'attendait à Chantilly. En arrivant, voyant Lisbeth assise dans le noir son cœur se serra. Elle n'imaginait pas sa grand-mère aussi vulnérable. Un roc, c'était toujours ainsi qu'elle la voyait. Elle la serra contre elle. Lisbeth se laissa aller en épanchant sa peine.

— Il n'est plus là mon fidèle ami, il est parti aussi discrètement qu'il a vécu. Tu te souviens quand nous l'avons ramené de vacances. De Castelnaudary à la maison, il a voyagé, couché à mes pieds. Il m'a adoptée ce jour là pour toujours, comme sa mère ; Il aimait nos marches en forêts, flairait et connaissait tous ses congénères dans le village : Le beagle Léopold, Mike le labrador, Alto le dog allemand, Marley le Chow Chow à langue noire, Luna la jeune chienne malinoise. Je rejoins mon voisin d'Ermenonville, Jean Jacques Rousseau, mes rêveries ne seront plus que souvenirs estompés par le temps. Terminées mes marches salutaires, mes évasions imaginatives, ma communion avec la nature où mon discret compagnon me laissait m'évader. L'homme qui marche de Giacometti va désormais rester assis. Je n'aurai plus le courage de fouler nos traces, de déambuler seule dans nos pas.

— Lisbeth, ces moments uniques que tu as connus sont dans ta tête pour toujours. Tu as eu la chance de les vivre. S'il était encore là, Harry poserait son museau sur tes genoux, te regarderait de ses grands yeux plein d'amour, te supplierait de continuer.

Jusque tard dans la nuit, ils évoquèrent tous trois les souvenirs heureux, les traces indélébiles laissées dans les mémoires façonnant un être irrémédiablement. Le lendemain, elle reprît le T.E.R. Le cœur lourd de laisser sa Lisbeth avec ses tourments. Heureusement, elle avait Henri. Il allait lui trouver un dérivatif.

Depuis des mois, Manon espérait et se désespérait d'être mère. Sur les conseils d'Astrid le couple finit par consulter une de ses connaissances, spécialiste de la fertilité. Commença alors le marathon des examens cliniques, spermogramme, cœlioscopie, insufflation, stimulation ovarienne, dosages hormonaux, caryotypes...Tous les mois, en fonction du cycle s'enchaînèrent médicaments, relevés de température, prises de sang, rendez-vous... Les résultats des examens n'aboutissant pas, tout étant normal, Manon consulta un psychiatre. Ce dernier la rassura. Connaissant le refus de sa mère d'enfanter, elle avait certainement développé un blocage psychologique. Sa folle envie d'être maman finirait bien par arranger les choses. Il fallait qu'elle oublie son obsession et devait interrompre les investigations.

— Laissez faire la nature, Manon. Les choses finiront bien par s'arranger. Moins vous y penserez, mieux ce sera...

Ses paroles libérèrent nos deux tourtereaux harassés par ce parcours procréatif pour le moins rébarbatif. Ils se retrouvèrent amoureusement, non plus comme deux animaux copulant à des jours et des heures précises. Les draps défaits au petit matin dévoilaient l'intensité de leurs ébats. Malik ne doutait pas qu'un amour comme le leur finirait bien un jour par porter ses fruits. Mahalia, la sœur si attentionnée… ne manquait jamais de les rappeler à l'ordre

— Il est prévu pour quand, mon neveu ? Vous prenez des années… il faudrait peut être vous activer un peu…

Phrase assassine, qui laissait toujours nos amoureux, sans voix.

Depuis la disparition d'Harry, pour occuper et distraire Lisbeth, Antoine déposait tous les mercredis sa fille dans la grande maison familiale. Une journée bien occupée par chacun. Après les devoirs dans la matinée, le déjeuner était préparé en commun. S'en suivait une petite promenade en forêt en compagnie d'Henri. Avant la sieste, une petite lecture s'imposait : en été dans le jardin sous la gloriette à respirer les roses anciennes et l'hiver au coin de l'âtre à écouter le crépitement des bûches. Julie lisait à haute voix, les livres choisis par sa grand-mère: Moby Dick, le Vieil homme et la Mer, Croc Blanc, les Misérables, Rémi sans famille. Ces histoires éveillaient son imaginaire et… endormaient Lisbeth. Quand elle se réveillait, ils attaquaient à trois des parties de scrabble, monopoly, cluedo, jeu de l'oie… la petite excellait en tout, était intarissable. Ce rythme de vie avait sauvé Lisbeth de la dépression après la mort du chien. Son fidèle compagnon disparu, elle s'était laissée aller, broyait du noir, ne s'alimentait presque plus. Henri avait songé à reprendre un autre animal de compagnie mais Lisa avait repoussé l'idée avec force. Elle ne voulait plus revivre pareil manque. Antoine retrouvait, en fin de journée, sa petite princesse, véritable sosie de sa mère, comblée et excitée. Peu habituée à autant

d'attentions, elle déclamait ses remerciements avec emphase :
— *Oh, mère grand, cette journée a été des plus satisfaisantes.*
— *Au plaisir de vous revoir, amis de mon cœur.*
— *Portez-vous bien, jusqu'à notre prochaine rencontre.*
— *Je m'en vais, le cœur plein de vous.*

Ce qui faisait bien rire les grands-parents comblés. Cette petite était vraiment unique. Son esprit s'éveillait sur des horizons insoupçonnés. Après la musique, son passe-temps favori étant la lecture, elle s'imaginait plus tard actrice et commençait à fréquenter des cours de théâtre, localement. Lisbeth revivait avec Julie ce qu'elle avait vécu avec Manon. Aussi vive d'esprit, intelligente, curieuse, jamais rassasiée elle avançait dans la vie entreprenante et décidée.

Un jour de novembre, elle ne rentra pas à la maison après l'école. Ne la voyant pas revenir, Nora téléphona à Antoine, pensant qu'elle s'était arrêtée pour lui faire une surprise. Il ne l'avait pas vue. Affolés, ils se présentèrent à la gendarmerie. Une alerte enlèvement fut rapidement déclenchée, des enfants l'ayant aperçue monter dans une voiture blanche. Une rapide enquête localisa le père biologique dans leur proche environnement. Arrivé d'Algérie trois jours plus tôt, il avait loué une voiture à l'aéroport de Roissy. Cette dernière répondait au signalement et avait été repérée sur les vidéos de télésurveillance du péage de Senlis. Les gendarmes à la recherche du véhicule le découvrirent abandonné, en panne d'essence, à proximité de Charles de Gaulle. A l'intérieur, le cartable de Julie, sa paire de gants confirmèrent le rapt. Les hôtels à proximité furent fouillés, l'aéroport mis sous contrôle, l'information avec le signalement repris par tous les médias. Deux jours se passèrent. Impuissante, la famille réunie se soutenait. Lisbeth implora sa Vierge Marie qu'elle n'avait plus sollicitée depuis longtemps mais qu'elle continuait à prier tous les jours. Nora était sous calmants. Un policier, en faction se faisait discret. Manon, Henri et Antoine s'épaulaient. Malik prenait régulièrement des nouvelles n'ayant pu se libérer de sa garde. Le matin du troisième jour, une automobiliste croisa le chemin d'une petite fille, hébétée, titubant sur le bord de la route, grelottante. Elle reconnut Julie, dont la photo était diffusée partout. Elle la fît monter, téléphona au numéro d'urgence et attendît la patrouille de gendarmerie.

Julie raconta son kidnapping
— Quand je suis sortie de l'école, un Monsieur m'a appelée. Il connaissait mon prénom. Je ne me suis pas méfiée. Maman venant d'être hospitalisée, il était venu me chercher pour me conduire à elle. J'ai vu que nous quittions Chantilly. Je lui ai demandé où nous allions. Il m'a dit de me taire. Quand nous sommes tombés en panne, il m'a tirée de la voiture, m'a demandé d'avancer sans rechigner.
— Si tu veux revoir ta mère, tu avances et tu marches vite.
— Il a vu une cabane de loin et m'a dit que nous allions y passer la nuit. De son sac, il a sorti des

sandwiches et une bouteille d'eau. Appuyée contre le bois, je me suis endormie mais j'avais froid. Le lendemain, je lui ai demandé de me ramener, je voulais rentrer, revoir papa et maman.

— Tais-toi, a-t-il dit, je suis ton père, tu n'as pas à avoir peur. Je te ramène au pays.

— Qu'est-ce que tu dis ? Mon papa s'appelle Antoine et mon pays c'est la France.

— Non, nous partons en Algérie.

— Je ne veux pas.

J'ai crié mais il s'est énervé, m'a menacée de me laisser là, toute seule, si je ne me taisais pas.

— Tu feras ce que je te dirai, petite peste.

— Il a téléphoné dans une langue que je ne connaissais pas. Il marchait comme un lion en cage.

En raccrochant, il m'a dit

— Il faut attendre. On vient nous chercher ce soir.

Il a sorti une pomme,

— Mange, je n'ai rien d'autre.

— J'avais froid. Je me suis mise en boule. Quand j'ai vu qu'il sortait pour faire pipi, je me suis sauvée. Je l'entendais crier derrière moi ; il faisait déjà sombre. Je ne savais pas où aller. J'ai entendu un grand cri mais je ne me suis pas arrêtée. J'ai marché longtemps. J'avais faim. Je voulais trouver quelque chose à manger. Exténuée, je me suis reposée un peu. Quand je suis arrivée sur la route, je l'ai suivie. Elle allait bien me conduire quelque part.

— Tu es une petite fille très courageuse, Julie. On va te reconduire chez toi. En attendant, prends quelques bonbons dans la boîte à gants. J'en cache toujours. Tu ne le diras à personne.

Deux policiers restèrent pour retrouver le kidnappeur. Il ne devait pas être bien loin. Ils le localisèrent rapidement. S'étant fracturé une jambe, il se traînait lamentablement en gémissant.

Nora expliqua à Julie que l'homme qui disait être son père les avait toutes deux abandonnées avant sa naissance et qu'il n'avait aucun droit sur elle. Julie fût suivie quelques temps par un psychologue mais rassurée de savoir qu'elle ne risquait plus rien, l'homme ayant été emprisonné, elle se prépara assidûment pour son concert de Noël.

Décembre s'installa… Antoine et Nora retrouvèrent un peu de leur quiétude. Les frimas de l'hiver suivirent la chute des feuilles et isolèrent les habitants. Laurence et Yassine affrontaient courageusement leur premier hiver sur le territoire français. Cette froidure leur coupait le souffle et leur lésait la peau. Chaussures fourrées, manteaux douillets, bonnets, gants, chaussettes laineuses, rien n'était suffisant pour les réchauffer. Mahalia se moquait gentiment :
— Vous vous habituerez. Vous verrez l'an prochain ça ira beaucoup mieux.

Les illuminations des villes, les décorations des maisons, les repas festifs arrosés, les chants de la nativité apportèrent le baume réparateur pour cette entrée hivernale. Elisabeth et Henri firent table d'hôte pour fêter Noël. L'année qui se terminait dans les festivités avait été terrible. La mort de Naël, le kidnapping de Julie, la disparition du chien étaient présents dans toutes les mémoires. Tous y pensaient.

Personne n'en parla. On réveillonna de petits fours et de champagne. On attendit minuit pour distribuer les cadeaux. Julie, particulièrement gâtée reçût un téléphone portable, une tablette, un appareil photo, des livres, des enregistrements musicaux de grands maître… Les douloureux moments qu'elle avait vécus s'estompaient petit à petit. Le lendemain, Henri sortit ses meilleures bouteilles pour accompagner : foie gras, cuisseau de chevreuil aux airelles, bûche traditionnelle.

Ce ne fût pas un Noël exceptionnel mais chacun profita des échanges chaleureux soudant davantage encore la famille.

Astrid profita de la nouvelle année pour réunir ses très chers amis. Olivier avait acheté, début décembre, un grand sapin qu'il avait installé dans sa véranda. Une fois décoré de ses guirlandes et allumé, l'arbre se voyait du dehors comme du dedans. Aurora quatre ans et Yséa, trois ans applaudissaient dès que jaillissaient les lumières. Les épines tombant, il vivait ses dernières heures de gloire. Les deux fillettes s'amusaient avec les nombreux cadeaux reçus et les poupées apportées par Manon. Elles s'entendaient à merveille, les chamailleries étaient rares. Elles étaient la fierté de leurs mères, toujours à s'extasier. Regardant les enfants jouer, Astrid sentit soudain son cœur se serrer, pensant à la mort accidentelle de l'enseignant de Podor et de sa future épouse. Brûlés vifs dans un feu de brousse, ils laissaient un bébé orphelin, dans un pays pauvre et sans ressources. Elle imaginait avec grande peine l'avenir de cette petite et en parla, en larmes, à ses amies.

Janssens, le maître d'école, âgé d'une cinquantaine d'années, d'origine belge venait tardivement d'être papa. Il convolait en justes noces à Dakar pour épouser sa petite cousine. Seule membre de sa famille restant elle l'avait sollicité un an auparavant pour enseigner au Sénégal. Jamais rencontrés ni vus, ils s'étaient aimés au premier regard. L'enfant était le fruit de cet amour improbable. Amanita avait été chargée par le couple, de s'occuper de l'enfant pendant leur absence. Ils avaient préféré attendre d'être mariés pour déclarer leur fille aux autorités. Surpris par le feu et les flammes qui les encerclèrent, ils ne purent échapper à une mort atroce. Manon fut bouleversée par cette terrible nouvelle. Elle avait bien connu l'instituteur : homme charmant toujours à l'écoute quand elle lui emmenait une « petite bouille » nouvelle à éduquer. Grande taille, cheveux blonds, yeux clairs, célibataire, il recevait toujours chaleureusement, avec bonhomie. Disponible, respectueux des us et coutumes, il dégageait une bienveillance légendaire. Les enfants l'aimaient de suite.

Les trois amies très affligées par les disparitions et bouleversées sur le futur de l'enfant, évoquèrent les souvenirs communs liés à la personnalité de l'enseignant. Astrid parla de la compagne de Janssens. Elle seule l'ayant rencontrée, un peu fréquentée. Femme discrète, énergique au caractère décidé, elle renforçait les résultats honorables des enfants avec son dévoué compagnon. Savoir leur petite désormais sans famille les désespérait.

Malik et Manon ne trouvaient pas le sommeil. Ils repensaient à ce qui avait été précédemment évoqué. Comment le sort avait-il pu s'acharner aussi cruellement. Ils en parlèrent toute la nuit passée chez Astrid. Un lien invisible semblait les relier à cette histoire sans qu'ils puissent en déterminer les raisons. C'était

comme si Janssens était là, avec eux. Au petit matin, ils avaient pris une décision qui allait bouleverser leurs vies. Ne pouvant pas avoir d'enfants, ils allaient faire une demande d'adoption. Au réveil, ils évoquèrent le sujet avec leur amie
— Vous êtes sûr de le vouloir. Vous êtes encore si jeunes. Rien n'est désespéré. Vous avez tout le temps pour fonder une famille.

Décidés, ils téléphonèrent à l'équipe médicale au Sénégal pour de plus amples renseignements. L'enfant était en parfaite santé. Il fût décidé que Benoît, médecin légitimé pour attester une naissance allait la déclarer aux autorités de mère française et de père franco-égyptien, résidant en France. Les papiers allaient lui être scannés par les nouveaux parents. Esperanza venait de se trouver un prénom et une famille. Amanita accepta de s'en occuper aussi longtemps que nécessaire. Manon fît parvenir au dispensaire de l'argent et des vêtements. Benoît envoya une photo sur Messenger. La petite était réellement magnifique. Nos tourtereaux tombèrent immédiatement sous le charme et s'impatientaient déjà. Une enquête, diligentée en Belgique confirma l'absence de parenté. La famille apprit la nouvelle avec surprise, personne n'étant au courant de leurs difficultés à enfanter. Tous se mirent à attendre le bébé. Un enfant, c'est un rayon de soleil qui illumine une vie. Offrir une chance à une petite orpheline, un arc en ciel explosant dans un ciel tout gris.

Manon envisagea de se rendre à Podor pour ramener sa fille mais Benoît finissant sa mission se proposa d'attendre le passeport pour rentrer avec le bébé. Les photos arrivaient quasi journellement, enchantant la famille d'adoption, pressée. Les futurs parents transformèrent activement la chambre d'amis en nurserie. Manon se fît plaisir en meublant, décorant la pièce, la remplissant de peluches et jouets. S'occuper la tête et les mains repoussait l'impatience.

Allongés côte à côte, ils évoquaient, imaginaient, rêvaient leur futur : déjà parents dans l'âme, investis totalement de leurs nouvelles responsabilités. Leurs caresses étaient devenues plus sensuelles, libérées de toute contrainte pour engendrer. Leurs désirs toujours intacts les faisaient se perdre amoureusement mais fougueusement sur des chemins qu'ils connaissaient bien. Les plaisirs partagés remplissaient leurs nuits, les laissant satisfaits, rassasiés.

Enfin, le passeport fut prêt. Deux mois s'étaient écoulés. Le vol fut aussitôt réservé, arrêté pour le vendredi matin. Trop frileux pour conduire, les parents avaient pris un taxi. A la porte d'arrivée de l'avion, la mère nerveuse, le père tendu, attendaient. Benoît, comme prévu, accompagnait l'enfant. Il se présenta dans les premiers voyageurs. Manon le reconnût de loin, son ventre se noua. Elle lui fît signe. Il portait le couffin devant lui. Ils avancèrent à leur rencontre.

— Je vous présente votre adorable fille. Elle a dormi pendant tout le voyage. L'hôtesse lui a chauffé son biberon juste avant d'atterrir.
Ils se penchèrent ensemble, écartèrent délicatement le drap. Leur bébé, teint lumineux, grands yeux

clairs, petit nez retroussé, bras potelés semblait leur tendre les bras.

— Elle est vraiment belle.

Leurs trois regards s'accrochèrent. Des larmes inondèrent le visage de la mère

— Merci à toi de t'être si bien occupé d'elle pendant tout ce temps.

— Janssens le méritait. C'était un homme, un enseignant extraordinaire, il aurait été un très bon père. Tu es la maman d'adoption qu'il aurait choisie, j'en suis convaincu.

Manon souleva Esperanza du couffin, la déposa dans les bras de Malik. Serrée entre leurs deux corps, la fillette souriait. Elle ne se souviendrait pas de ce moment, ses parents ne l'oublieraient jamais. La jeune maman ignorait encore que se développait en son sein une vie nouvelle. Le destin offrait aux jeunes parents un deuxième rendez-vous. Intervention divine ? Lisbeth et Manon y penseront plus tard en évoquant et remerciant la Vierge à l'Enfant Jésus, toujours bienveillante et vigilante à leur égard.

Esperanza était arrivée en France en même temps que le printemps annonciateur de renouveau. Les mois d'hiver, particulièrement froids, s'effaçaient au rythme de l'allongement des journées.

Manon profita de son congé maternité après l'adoption : onze semaines suivies d'un congé sans solde de trois ans. La décision conjointe avec son compagnon de suspendre son travail allait lui fournir l'opportunité de suivre le développement de la petite.

Elle l'avait toujours envisagé dans le cadre d'une maternité. Il était temps pour elle de faire une pause professionnelle. Le côtoiement journalier de femmes ou de mères battues, aviliés, désespérées, démunies l'oppressait, la fragilisant psychologiquement. Quotidiennement, elles allaient se promener au jardin du Luxembourg : vingt trois hectares, au cœur de la capitale, lieu de vie ouvert à tous. Elles y côtoyaient de nombreuses familles, privilégiées d'y écouter des concerts, souvent improvisés, ravissant petits et grands, dès le retour des beaux jours. Malik venait quelquefois leur faire une surprise, les retrouvant entre les visites du matin et les consultations de l'après-midi. Il adoptait le tempo moderato de la marche de sa compagne, se laissait charmer par le sourire enjôleur, les mimiques, gazouillis de la petite qui le faisaient fondre. En enlaçant sa belle en ce jour de début mai, il ne pût s'empêcher de remarquer :

— Princesse, ton congé te réussit. Tu as pris des formes… J'avoue que cela te va bien. Juste où il faut ! Ce soir, je vais me faire le plaisir d'inspecter ce corps de rêve.

— Il est vrai qu'en m'habillant ce matin, j'ai eu quelques difficultés à trouver des vêtements à ma taille. Je dois me surveiller. Je ne voudrais pas que tu regardes ailleurs…

— Aucun risque mon amour ! Je suis déjà comblé : deux femmes à chérir ; pas de temps, de place ou d'envie pour des extras…

En rebroussant chemin Manon songeait aux paroles de son ami. Son corps avait changé. Certains psychologues affirmaient qu'une adoption pouvait entraîner les mêmes transformations physiques qu'une maternité. Cela expliquerait peut être sa poitrine généreuse, ses kilos en plus. Elle incrimina néanmoins la nourriture bien que, en y réfléchissant, ces derniers temps elle avait plutôt du mal à manger. Rien ne lui donnait envie excepté les yaourts et les fruits. Nauséeuse, elle délaissait la viande. Elle en mangeait avec parcimonie le soir pour partager avec Malik le repas qu'elle prenait grand soin de lui concocter. Soudain, un flash. A quand remontaient donc ses dernières règles ? Elle ne s'en souvenait pas. Comme elle ne notait plus les dates depuis longtemps, elle creusa sa mémoire. Non, ce ne pouvait être ça, et pourtant si c'était ça… Dans une pharmacie, elle s'arrêta pour acheter un test de grossesse. Autant en avoir le cœur net. En rentrant, elle le posa dans la salle de bains, l'oublia, occupée à préparer le repas d'Espé.

Âgée de six mois, assise dans son parc, l'enfant surveillait les gestes de sa mère avec grand intérêt tout en pépiant. Manon alluma sa playlist. Le bébé dodelina du chef… Un bonheur cet enfant. Elle grandissait trop vite aux yeux de ses parents. Pour ne rien oublier de ces précieux instants, ils avaient créé un album sur Google photos « Sp, première année ». Ils avaient choisi ces deux initiales pour parler de la fillette. Une contraction phonétique de son prénom en abrégé. L'album commençait au Sénégal : photos des parents biologiques, de l'école, du dispensaire de Podor, suivies de celles envoyées par Benoît, de son arrivée en France. Chaque progrès de l'enfant alimentait la base de données. Un jour, il leur faudrait aborder le sujet de l'adoption. Manon s'en inquiétait déjà. Trouver le bon moment…

Rejoignant sa voiture, Malik se sentait particulièrement heureux. Son bonheur était au-delà de ses attentes. Sa bien-aimée, sereine, remplissait à merveille son rôle de maman. Ses nouvelles responsabilités la transformaient. Même son corps s'en réjouissait. Elle avait un peu grossi mais cela lui allait bien. Il attendait avec impatience le soir pour le lui rappeler amoureusement. Il rentra à l'hôpital satisfait de sa condition, se sentant très favorisé. Il avait décidé de mettre fin à sa carrière hospitalière pour s'installer en cabinet privé. Il disposerait de plus de temps pour s'occuper de sa famille qu'il plaçait avant toute ambition personnelle.

Manon venait de coucher Sp pour la sieste quand elle se souvînt du test. Elle prît dans sa boîte le bâtonnet en plastique, se rendit aux toilettes pour uriner. Elle attendit deux à trois minutes pour voir s'inscrire en toutes lettres le mot « enceinte ». Elle fixait médusée le révélateur. Elle avait espéré ce moment depuis si longtemps qu'elle eut du mal à y croire. L'information cheminant, elle s'assît pour réfléchir à la plus belle façon de l'annoncer à son amoureux. Elle se caressa instinctivement le ventre, se leva pour se mirer devant sa psyché, tourbillonna en chantonnant pour se convaincre qu'elle ne rêvait pas. Elle avait une folle envie de téléphoner la nouvelle à Lisbeth mais s'abstînt ; non pas avant Malik ! Et si le test n'était pas fiable ! Il était préférable d'attendre.

Elle chuchota au réveil de l'enfant, en secret :
— Ma petite puce, la famille va s'agrandir, tu vas avoir un petit frère.

Elle prépara un repas amélioré. Elle avait choisi une bouteille de Rully blanc pour annoncer la nouvelle, dressé une jolie table, posé le bouquet de muguet, un peu défraîchi offert par Malik au premier mai et les bougies. Elle eut des difficultés à trouver une tenue vestimentaire seyante. Elle opta pour un top en soie noir, mettant en valeur sa poitrine et une longue jupe vert amande. Elle se trouva jolie et désirable. Elle couchait l'enfant quand elle entendit Malik rentrer. Il n'était pas seul, parlait en arabe et entra accompagné de Mahalia.

Surpris par l'apparition d'une Manon divinement attirante, ils restèrent un court instant interdits. Mahalia s'excusa pour son intrusion impromptue, s'apprêtait à tourner les talons lorsque Manon soucieuse demanda,
— Il est arrivé quelque chose ?
— Non, tout va bien. Maman étant inquiète suite à un appel venu d'Égypte, je suis passée demander à mon frère s'il était au courant de quelque chose. Une journaliste, une certaine Noor sollicite une rencontre sans en préciser la raison. « Personnel » a-t-elle dit. Elle a laissé son numéro de téléphone pour la rappeler et fixer une date. Je suis vraiment désolée de te déranger. Tu es ravissante. Je m'en vais.
Malik déposa un baiser sur les lèvres de sa belle, montra la table,
— Chérie, j'ai manqué quelque chose ?

— Rassure-toi, rien. Je voulais te faire une petite surprise.
Ils partagèrent le repas à trois. Mahalia ne s'attarda pas. Son frère lui promit de se renseigner sur la journaliste. La table dut attendre pour être débarrassée. Le désir de Malik étant trop impatient, il entraîna sa dulcinée dans la chambre.
— Mon amour, ta soirée a été gâchée. Je vais me rattraper. J'ai une irrésistible faim de toi. Tu es bien trop appétissante !

Il enfouit sa tête dans le décolleté alléchant, se débarrassa vivement du bout de tissu soyeux, de la jupe. Pas le temps de s'enduire le corps de l'huile de massage affolante, voluptueuse, enrichie aux fruits de la passion, pimentée d'une pointe d'extrait de gingembre pour des frissons garantis. Les préliminaires allaient s'en passer pour cette fois. Il promena ses mains sur tout le corps de sa bien-aimée, s'attarda sur l'intérieur des cuisses, la partie basse du dos, la taille, le ventre. Il lui embrassa, mordilla le cou. Manon, grisée, respirait l'odeur de son parfum amplifié par l'excitation. Elle le guidait sur le chemin de son désir, l'encourageant par de petits cris. Les mouvements faisaient monter les plaisirs par vagues, sensation de complétude avec son partenaire. Malik prenait tout son temps pour partager et éviter un orgasme précoce privant sa compagne des sentiments de plénitude et de satiété. Il lui murmurait des mots doux, se libéra quand il ressentit la perte de contrôle physique et mental de sa complice.
— Tu étais merveilleusement belle ce soir, ma chérie. Pendant le souper, je maudissais intérieurement

ma sœur d'être venue sans s'annoncer. Il m'a fallu domestiquer mon envie de toi. Tu as aimé ?
— Tu es un merveilleux amant, si attentionné.
— Dis-moi, qu'est ce que j'ai oublié, une fête ? J'ai beau me creuser la tête, rien ne me vient.
Manon lui prit la main, la posa délicatement sur son ventre
— Je t'invite à faire connaissance avec ton bébé, il sera bientôt avec nous.
Stupéfait, Malik se tourna vers elle, lui saisit le visage à pleines mains, murmura à son oreille « alhamadllh ». C'était la première fois qu'il prononçait un mot arabe en s'adressant à elle.
— Dieu soit loué, mon cœur. Tu le sais depuis quand ?
— En marchant ce matin, je me suis questionnée sur ta réflexion et mes propres observations sur mon changement de silhouette. Impossible de me souvenir de mon dernier cycle menstruel. J'ai alors acheté un test qui s'est révélé positif. Tu n'imagines pas mon impatience pour te le dire. La venue de ta sœur a un peu contrarié mes plans mais cette attente a eu du bon finalement …
— Un enfant !... j'ai du mal à y croire. Tu feras une échographie dès demain. On doit s'assurer que tout va bien.
— J'ai l'intime conviction que ce sera un garçon. Je souhaiterais faire l'examen avec Astrid si tu n'y vois pas d'inconvénients ?
— Non, bien sûr. Nous passerons déposer Sp chez Lisbeth avant de nous rendre à Compiègne. Tu dois t'assurer que ton amie sera bien à Saint Come.

Une lune ronde, lumineuse éclaira le lit défait ou deux corps étroitement enlacés finirent par s'endormir. Elle les enveloppa dans une bulle de lumière, les transportant dans un monde de rêves...

Le lendemain, Malik se rendît à l'hôpital pour assurer ses visites du matin, demanda à un confrère de le remplacer pour les rendez-vous de l'après-midi. Manon téléphona à Astrid réjouie par la nouvelle et à Lisbeth ravie de garder la fillette. En déposant Sp, la grand-mère les invita à partager le dîner. Ils acquiescèrent avant de partir rapidement craignant de dévoiler leur secret.

Les amies, heureuses de se retrouver s'embrassèrent chaleureusement.
— Aida nous attend à l'intérieur. Je n'ai pu résister au plaisir de lui dire.
— Mais, s'il y avait erreur…
— Te regardant, je peux dire que ton physique parle pour toi. Malik, tu n'as rien vu ?
Un peu gêné et tendu, le jeune homme ne répondît pas.

Les deux femmes installèrent la future maman, badigeonnèrent son ventre d'une couche de gel avant de saisir la sonde pour la première échographie. Malik tenait la main de Manon qu'il broya littéralement quand il aperçût les deux fœtus complètement formés. Astrid releva les constantes : ils mesuraient chacun vingt quatre centimètres et pesaient environ deux cent cinquante grammes.

— Regarde ma douce. Tu as pris ton temps mais tu vas nous en faire deux d'un coup. Tu dois être approximativement à vingt semaines. Tu devrais accoucher en octobre.
On entendait les battements des cœurs qui semblaient faire écho. L'heureux papa s'exclama
 — Manon, tu vois là : ce sont des garçons, ma chérie.
Émues, les deux sages-femmes partagèrent l'intense émotion des tourtereaux encore abasourdis par la grossesse gémellaire.
 — Tu dois être surveillée de très près et choisir rapidement un gynécologue obstétricien. Il faut à présent te ménager. Ce sera compliqué, Esperanza est si jeune mais c'est impératif. Tu devras te faire aider. Pour l'instant, tout va bien. Je vous laisse assimiler la nouvelle. Tu peux te rhabiller.

Nos quatre amis se retrouvèrent à la cafétéria de la clinique. Aida en profita pour annoncer son mariage. Elle lança l'invitation
 — Olivier et moi serions ravis si tu acceptais d'être notre deuxième témoin. Astrid a déjà dit oui.
 — J'en suis très honorée et fière. Je ne serai pas trop grosse les filles pour me déplacer ?
De grosses larmes incontrôlables et intarissables jaillirent alors spontanément de ses deux lacs bleus profonds laissant médusées ses amies, attristant son compagnon.
 — Manon, ça va aller. On va t'accompagner, te trouver quelqu'un pour alléger ton quotidien. Je pourrais demander à Amanita d'avancer sa venue.

Elle vient en juillet pour le mariage. Je n'ai pas encore réservé son billet d'avion. Tu veux ?
Cette éventualité réconforta la future maman
— Merci. Ce serait bien. Amanita connaît Sp. Ça devrait bien se passer. Qu'en dis tu Malik ?
— Je suis partant, si elle accepte. Elle s'est bien occupée de notre fille au Sénégal.
Le bonheur d'enfanter de Manon restait entaché par la crainte de ne plus pouvoir s'occuper d'Sp. Sur le chemin qui les ramenait chez Lisbeth, les questionnements fusaient.
*Comment loger tout ce petit monde ?*
*Quel gynécologue choisir ?*
*Quel hôpital retenir pour l'accouchement?*
*Comment gérer cette grossesse et ses impondérables?*
— Ne t'inquiète pas, mon amour. Nous sommes des personnes responsables. Nous allons réorganiser notre vie. C'est tellement merveilleux ce qui nous arrive !
— Jamais je n'aurais imaginé pareille situation. Je vais tout faire pour te donner de beaux bébés en bonne santé. Je ne prendrai aucun risque. Tu peux en être certain.
Ils arrivèrent chez Lisbeth, qui promenait Sp dans le jardin.
— Vous voilà ! Tout va bien ? Je commençais à m'inquiéter !
Manon sortit l'échographie de son sac, la présenta à sa grand-mère
— Sainte Vierge ! Ce n'est pas possible. Tu attends des jumeaux !

Malik prît la petite dans ses bras. Les deux femmes s'étreignirent, sans parler. Leurs émotions se mélangeaient dans cette accolade. Manon voulait y puiser une force, Lisbeth la lui insuffler.
— C'est pour le moins inattendu mes enfants. En apprenant la nouvelle, Henri cacha son émoi par une boutade
— Ah, la bonne blague ! Quoi, ce n'est pas une blague ? Oh merde… ça s'arrose !

L'atmosphère joyeuse remit tout le monde d'aplomb pour le repas. Il était déjà tard. Lisa proposa au couple de rester. Dormir dans la chambre où elle avait retrouvé son amoureux après deux ans et demi de fuite fît remonter en surface le souvenir de leurs retrouvailles inespérées.
— Dis-moi, beau prince, ne regrettes-tu pas de m'avoir réveillée, ce jour d'avril ?
— C'est la meilleure et la plus belle chose que j'ai faite dans ma vie. Chaque jour, je m'en réjouis. J'apprécie de t'avoir à mes côtés ma princesse et si on se mariait ?
— Il te faudra attendre un peu… après la naissance… je veux être la plus belle mariée du monde.
Étroitement enlacés, ils s'endormirent épuisés par ce bouillonnement de nouvelles.

Malik prît rendez-vous à la maternité Port-Royal dans le quatorzième arrondissement avec un confrère obstétricien chaudement recommandé par son chef de service. Vu l'avancement de la grossesse, il les reçût rapidement, les rassura mais leur demanda de rester vigilants. Une échographie mensuelle s'imposait ainsi qu'un Doppler pour contrôler les échanges au niveau des cordons ombilicaux entre la mère et les bébés. Sentant Manon angoissée, il lui conseilla de se préparer à la naissance par des informations et un apprentissage corporel spécifique répondant aux demandes personnalisées.

— Nous avons différents cours à vous offrir qui vont du chant prénatal, au yoga ou à l'accompagnement par la sophrologie. Ici, vous êtes entre de bonnes mains… soyez rassurée. Comme vous avez dépassé votre quatrième mois, vous vous inscrirez à cette préparation en sortant. C'est au rez de jardin de la maternité. Vous pouvez consulter le psychologue de l'équipe si vous en éprouvez le besoin.

Nos deux tourtereaux voulaient annoncer la nouvelle, le soir même à la famille de Malik.

En arrivant dans l'appartement, Sp dans les bras, ils ressentirent en premier lieu la contrariété chez Laurence qui s'empressa de demander :
— Dis mon fils, cette fille, Noor, la journaliste, tu as appris quelques choses sur elle ? Que penses-tu de cette demande de rendez-vous ?
— Sur Internet, j'ai lu qu'elle avait étudié à l'Université Américaine du Caire. Âgée d'une quarantaine d'années elle jouit d'une certaine notoriété. Elle a été cependant arrêtée plusieurs fois pour incitation à la révolte et a récemment dénoncé la situation de la presse bâillonnée par le pouvoir en place. Suivie par des milliers de personnes sur son compte Twitter, elle couvre les événements importants dans le monde arabe et égyptien, travaille en collaboration avec la BBC World. Tu n'as pas à t'inquiéter. Peut-être veut-elle t'entretenir de l'attentat sans oser t'en parler au téléphone.
— Tu as raison ; je me torture l'esprit pour rien. Pourquoi vouliez-vous nous voir ensemble ce soir ?
— Manon a quelque chose à vous montrer.
Elle sortît l'échographie. Les deux femmes subjuguées la regardaient quand Yassine demanda :
— C'est quoi ça ?

— Grand bêta, ce sont des bébés. Notre Manon attend des jumeaux. C'est prévu pour quand ?
Normalement en octobre mais Astrid pense que l'accouchement aura vraisemblablement lieu avant.
La soirée fût charmante. Mahalia s'occupa d'Sp comme elle aimait le faire.
— Je vais devoir faire du baby-sitting pour te soulager, chère belle-sœur. Tu dois te reposer.
Manon apprécia d'autant plus que Laurence renchérît :
— L'avantage dans l'éducation nationale c'est qu'on profite de deux mois de vacances estivales. Ça tombe plutôt bien.
La famille se solidarisait autour de nos deux amoureux, amenant la quiétude chez la future maman.

Manon téléphona la nouvelle à son père. Il éclata de joie. Depuis son remariage, elle ne l'avait pas beaucoup vu. Avec Nora et Julie, ils étaient passés à l'appartement à l'arrivée d'Sp pour lui souhaiter la bienvenue. Nora avait offert un couvre lit d'enfant en patchwork rose et blanc, d'une grande finesse confectionné par ses soins, qui avait ravi la jeune maman.
— Dis papa, nous recherchons une maison sur Chantilly suffisamment grande pour que Malik puisse y installer son cabinet de consultations. Je ne vais pas pouvoir beaucoup me déplacer. Te serait-il possible de faire des recherches pour nous ? On aimerait s'installer en octobre au plus tard. Malik va démissionner de DEBRE. Oui, je sais c'est dommage mais il nous est difficile de faire autrement. De plus,

c'est une bonne chose ; me rapprochant de vous, nous nous verrons plus souvent !

Le père promît sa complète implication dans la recherche, ce qui soulagea sa fille. Tout se mettait en place. Manon n'en espérait pas tant. Elle profita de sa forme pour continuer ses promenades. Les futurs parents louèrent une chambre pour Amanita, arrivant en juin. Elle serait hébergée dans l'immeuble jouxtant le leur. Sp commençait à se traîner à quatre pattes. Une vigilance accrue fatiguait la mère, qui rencontrait déjà quelques difficultés à se baisser. Laurence et Mahalia se relayèrent pour que Manon puisse vivre au mieux sa grossesse et préparer son accouchement. Le mois de mai passa très vite.

Début juin, Olivier conduisît Amanita à Paris. Depuis une semaine, débarquée de Roissy, elle séjournait chez sa cousine à Pierrefonds. Aussi perdue qu'Aida à son arrivée en France, épaulée par cette dernière, elle avait découvert la ville, ses magasins, ses forêts, son lac, son château… Grand bouleversement, quel dépaysement ! Elles s'étreignirent. Amanita posa sa valise pour s'occuper immédiatement de l'enfant. Olivier en profita pour partager un moment avec son amie.

— Tu vas bien ? On peut dire que tu ne fais pas les choses à moitié ! Je souffre pour toi. On compte sur vous pour le mariage. On a loué une salle au bord de l'Oise. Ça va être sympa. Aida fait venir des amis sénégalais pour le chant et la danse. Ça nous rappellera nos soirées.

— Je t'assure que je vais me ménager, j'ai trop envie d'être des vôtres, répondît Manon.
— Elle est belle la petite, très épanouie. N'as-tu pas des regrets pour l'adoption devant cette nouvelle situation ?
— Aucun Olivier. Elle est notre rayon de soleil. Tu imagines ! Trois enfants en une année ! Moi qui désespérais d'être mère !
Manon éclata de rire. Cet intermède plut à Sp qui se trémoussa en tapant dans ses petites mains. Les deux amis se quittèrent, promesse faite de se revoir à la cérémonie.

Amanita avait changé, mûri. Courageuse, attentionnée, joyeuse elle emplissait l'espace répandant une bonne humeur qui fît beaucoup de bien à Manon. Au Sénégal, elle rêvait de rejoindre sa cousine en France. Aida venait de lui en fournir l'opportunité, l'invitant à son mariage, lui trouvant un travail. Elle ne voulait pas laisser passer cette chance. Elle se repéra vite dans leur proche environnement. Manon la laissait faire les courses, promener la petite. Discrète, Amanita s'effaçait le soir sitôt le repas servi pour regagner sa chambre. Si petite que la pièce fut, elle lui offrait une vue sur Paris que même dans ses rêves, elle n'aurait pu imaginer. Les soirs, elle sortait flâner, s'attardant devant les vitrines des magasins, s'enhardit même un jour à rentrer dans un cinéma. Elle apprivoisait la ville. Elle désirait découvrir la capitale, monter dans la Tour Eiffel, se promener sur les quais de Seine. Ce fût Yassine qui se proposa. Il connaissait bien la cité maintenant. Le dernier samedi de juin, il prit sur son temps pour la conduire. Jon-

glant avec les stations de métro, les bus, la marche, il finit par l'étourdir. Elle rentra épuisée mais conquise. Enthousiaste, elle raconta avant de conclure
— Partout des gens pressés se déplacent sous terre sans prendre le temps de s'arrêter pour apprécier les belles choses qui les entourent. C'est bien dommage.
— Nous allons bientôt quitter cet appartement, déménager à Chantilly. Papa nous a trouvé une maison. Nous allons visiter demain ; Tu nous accompagneras. Nous aimerions te garder. Ton aide m'est précieuse. Si tu es d'accord, bien entendu ! On transformera ton séjour touristique en séjour permanent. Cela devrait être rapide puisque tu peux justifier d'un travail.
Comblée, Amanita serra Manon dans ses bras,
— Merci, c'est vraiment ce que je désire le plus.

La visite enthousiasma le jeune couple. Excentrée, la propriété imposait. Un grand parc privé s'ouvrait sur les pistes d'entraînement des chevaux de courses des grandes écuries. La maison recensait cinq chambres, trois salles de bains, un grand salon, une cuisine moderne toute équipée. De larges baies vitrées apportaient une grande luminosité, laissaient découvrir une piscine rectangulaire extérieure cachée sous un abri. La plage qui habillait les abords du bassin, en bois exotique cadrait avec la végétation composée d'arbustes à floraison estivale, hibiscus, buddleias, bougainvilliers, lavandes, rosiers buissons, plantes couvre-sol au port rampant, graminées vivaces, palmiers. Somptueux écrin de verdure, parfumé qui invitait au repos, à la méditation. Manon imagina trois enfants jouant dans le parc. Légèrement en retrait de la maison, une dépendance occupée précédemment par l'ancien gardien retînt l'attention de Malik qui se voyait bien y installer son cabinet. Séduit, notre couple demanda à négocier. Des anglais, pressés de vendre, acceptèrent la proposition. L'affaire, vivement menée, permettrait aux jeunes parents de s'installer juste après l'accouchement. Il fallait rapidement entreprendre les travaux dans l'annexe, la transformer en cabinet médical. Les grands-parents, Antoine et Nora se mirent à l'ouvrage pour rénover les chambres des enfants. Julie, très impliquée, apportait des appréciations et notes juvéniles pertinentes que Manon validait de loin. La voiture étant déconseillée, elle supervisait le tout à distance.

Au mariage de ses amis, la future mère était à son sixième mois de grossesse. Elle en sentait le poids dans tout son dos, ses vertèbres, ses jambes. Elle massait et enduisait régulièrement son corps de crème pour protéger son ventre tendu et ses seins de toutes vergetures. Les bébés réagissaient au milieu extérieur : caresses, musique, voix les apaisaient. Malik leur parlait tous les soirs avant de s'endormir, émouvant sa compagne. A la dernière échographie les bébés mesuraient trente sept centimètres et pesaient chacun un kilo.

Après un passage à la mairie de Pierrefonds où Manon signa comme témoin, les invités se rendirent à une vingtaine de kilomètres de Compiègne, dans un ancien corps de ferme du dix huitième siècle en pleine forêt domaniale. La route d'accès pavée, secoua fortement la future mère. Les bébés, remués, donnaient de sérieux coups de pieds de protestation. Malik roulait au pas. Ils débouchèrent enfin dans un grand parc soigneusement entretenu. Des tentes de réception dressées attendaient pour le vin d'honneur. Les mariés s'installèrent sous une pergola pour accueillir leurs invités. Aida était radieuse, en boubou de cérémonie ivoire, coiffée d'un grand foulard en soie, soigneusement noué, dissimulant tous ses cheveux. Il était maintenu en place par un diadème et faisait ressortir l'intensité d'un regard de braise. Le visage aux pommettes hautes, lèvres sensuelles débordait de bonhomie. Olivier dans son costume blanc, nœud papillon bordeaux, flegmatique comme à l'accoutumée affichait un bonheur plein de félicité. Les demoiselles d'honneur Aurora et Yséa, respectivement âgées de six et cinq ans étaient resplendissantes. Habillées de jolies robes bohème volantes en dentelle, coiffées d'une couronne de fleurs, elles portaient un bouquet de roses. Installées au côté des nouveaux époux, elles remplissaient leur rôle à la perfection. Avenantes, souriantes, curieuses, les yeux brillants d'excitation, elles savouraient ce grand moment. Libérées de leur obligation à l'ouverture du buffet, elles rejoignirent Astrid, Malik, Manon, confortablement installés sous un parasol, pour jouer avec Sp. Une baby-sitter se présenta pour prendre en charge les enfants. Aida avait tout prévu. Manon lui en fût reconnaissante. Elle allait pouvoir profiter.

— Tu gères bien ta grossesse. Tu es resplendissante ! Dis-moi, avec Amanita, tout se passe bien ? Questionna Astrid.

— C'est une bénédiction de l'avoir. Nous allons tout faire pour la garder en régularisant sa situation.

Le vin d'honneur réunissait beaucoup d'officiels, collègues, amis. Il démontra la large popularité dont Olivier et Aida jouissaient. Le repas servi sous une immense véranda au cœur du jardin réunît la famille et les amis proches. Les djembés, balafons, chanteurs, danseurs entrèrent en action. La fête pouvait commencer. Olivier déclama
— La vie n'est complète que si elle est vécue ensemble ! Mes amis, amusons-nous...
Les trémulations s'enchaînèrent sur des rythmes endiablés, le vin de palme donna de l'audace aux plus réservés sous les yeux d'une Manon raisonnable mais envieuse. En catimini, nos futurs parents s'éclipsèrent après avoir libéré Amanita de ses obligations pour quarante huit heures.

Noor, la journaliste égyptienne débarqua en France en août, en même temps que la canicule. Le thermomètre affichait plus de quarante degrés à Paris ! Tous recherchaient les points d'eau, les espaces verts. La capitale et ses habitants suffoquaient. Sp ne sortant plus devenait irritable.

Manon bloquée dans son appartement par des contractions devait rester allongée. Il fallait éviter l'hypertension et la pré-éclampsie. Depuis peu, elle souffrait d'une rétention d'eau se manifestant par des gonflements au niveau des chevilles, doigts et poignets, ankylosant ses mouvements. Des jours interminables, inconfortables s'égrenaient lentement. Le passé refaisait surface lui renvoyant l'image de son coma lorsqu'elle luttait pour récupérer ses forces et son autonomie. Elle avait bien failli alors perdre la vie et… la raison. Son moral était en berne. Lisbeth et Nora venaient deux fois par semaine l'aider dans les tâches domestiques, lui tenaient compagnie. Manon reconnaissante appréciait leur complicité pour la distraire. Amanita occupée à temps plein avec Sp déchargeait la mère de ses obligations. Des ventilateurs tournaient dans toutes les pièces, sans apporter la moindre fraîcheur.

Bien que Noor ait communiqué son numéro de vol et son aéroport d'arrivée, personne ne se proposa pour l'accueillir. Cette venue n'étant pas du tout appréciée. Toute évocation de ce qui se passait en Égypte restait très douloureuse aux yeux de Laurence. Les familles touchées par l'attentat où Naël avait perdu la vie demandaient des comptes. Les enquêtes étaient toujours au point mort. Le gouvernement venait d'accorder un versement de six mille euros aux familles pour calmer les attentes et une pension de cent euros pour celles dont un membre était décédé. Une misère… tous s'étaient révoltés, venaient de changer d'avocats, faisaient appel. Laurence avait signé le recours collectif mais ne s'impliquait pas. Aucun dédommagement ne pourrait jamais soulager sa peine et sa détresse. Dans un état d'esprit suspicieux, elle ouvrît sa porte à Noor. Ses trois enfants réunis attendaient de connaître la raison de ce rendez-vous.

Ce fût une Nefertiti réincarnée qui pénétra dans l'appartement laissant interdits un court instant les occupants. Se tenait devant eux, une jeune femme au visage allongé d'une grande finesse, minutieusement maquillé, teint blanchi. Ses yeux en amande mis en valeur par du khôl noir et vert soulignaient un regard profond mais triste. Un lourd chignon, aux reflets de henné, lui donnait un port de tête royal. Une robe en lin, plissée, soulignait une taille très svelte et révélait des formes harmonieuses. Un décolleté laissait deviner des seins hauts et fermes. Un hymne au charme.

Une image très éloignée des photographies que Malik avait trouvées sur Internet où on la voyait coiffée d'une casquette, vêtue comme un militaire.

Surprise, Laurence l'invita à s'asseoir en lui proposant un thé avant de lui demander l'objet de sa visite.

— Ma venue pourrait vous sembler comme un acte impulsif, dominé par mes émotions, mes sentiments ou ma curiosité mais il n'en est rien. J'avais très envie de vous connaître.

Mahalia s'énerva, la bouscula verbalement

— Mademoiselle, on ne comprend pas où vous voulez en venir. Vous pouvez faire court…

Noor lança alors la bombe qui explosa :

— Comme Naël est mon père, je …

Yassine se leva d'un bond, en colère

— Vous venez chez nous, insulter la mémoire de mon père. Vous n'êtes qu'une menteuse. Que voulez-vous de nous ?

Noor rentra les épaules

— Vous ne saviez pas que j'étais sa fille ? Je pensais que vous étiez au courant, je suis désolée.

Elle se leva pour partir.

Malik regarda sa mère prostrée, anéantie. Il s'adressa à la jeune femme.

— Noor, vous êtes là maintenant. Si vous nous racontiez.

— Ma mère, Farah vient de mourir. C'est en lisant ce qu'elle m'a écrit que j'ai su...
Elle marqua une pause avant de poursuivre.
— Dans le dossier, remis quelques jours avant sa mort, elle relate ses relations avec Naël, leur complicité de toujours. Élevés ensemble, ils ont partagé leur jeunesse, passant d'une maison à l'autre pour jouer, manger, étudier même dormir. Les deux familles intimes partageaient tout. Elles n'avaient qu'un seul souhait : les unir. Ma mère ne me dit pas les raisons pour lesquelles le mariage ne s'est pas fait. Quand je rendais visite à mes grands-parents, leur mutisme sur ma naissance et mon père m'étonnait. Le sujet était tabou ; ils s'énervaient quand je cherchais à en savoir plus. Alors j'ai renoncé à en parler. A l'intérieur du dossier à ouvrir à sa disparition, j'ai trouvé :
- un certificat de décès de Naël
- des bordereaux de paiement de pension
- une donation envoyée par un notaire
- un reçu de la banque du Caire
- une missive des parents de Naël à ma mère l'assurant qu'ils avaient tout tenté pour dissuader leur fils de se marier avec une étrangère. Ils reniaient leur fils, les enfants qui pourraient naître de cette union, considérant ma mère comme leur seule héritière et moi comme leur petite fille.

Laurence se décomposait au fil du récit. Le puzzle de sa vie, le refus de ses beaux-parents d'assister au mariage, le rejet des petits enfants prenaient tout son sens...

— Mon père, sans me reconnaître, a toujours assumé sa paternité, envoyant à ma mère une allocation mensuelle jusqu'à la fin de mes études. A sa mort, le notaire a fait suivre à maman une importante somme d'argent, conformément aux dernières volontés du défunt. Je n'ai jamais rencontré Naël. Apprenant sa mort, ce qui lui était arrivé et à la demande de la nouvelle avocate, j'enquête sur l'attentat.
Noor se tut. Tous étaient atterrés.
Laurence prit la parole
— J'ignorais votre existence. La mort de mon mari serait-elle un châtiment divin ? Je ne peux imaginer Naël vivre avec un tel secret. Cependant, il lui était facile d'envoyer de l'argent à votre mère sans que je le sache. Je n'ai jamais eu de regard comptable sur ses affaires. Après sa mort, j'ai vu la somme retenue sur la succession ; j'ai pensé à une donation pour sa communauté religieuse.
Malik intervint
— Que veux-tu exactement, Noor ?

Yassine se leva sans attendre la réponse, quitta l'appartement en claquant la porte, ignorant les protestations de sa mère. Son père, son idole, son modèle n'avait-il donc été toute sa vie qu'un imposteur, dupant tout le monde en ayant une double vie ? Il devait se défouler, marcher, évacuer sa rancune. Pleurer l'aurait soulagé mais il n'y arrivait pas. Il erra sans but. Son cœur était serré, ses poumons manquaient d'air, tout son corps le faisait souffrir. Il se dirigea vers les quais de Seine, fixa l'eau. Elle l'attirait, l'appelait. Pourquoi pas ? Se laisser engloutir, disparaître, tout oublier. Il sauta… Le contact de l'eau fût un électrochoc. En se laissant couler, il entendit la voix de son père lui murmurer qu'il ne devait pas sacrifier sa vie, qu'un fils n'avait pas à endosser les erreurs d'un père, qu'il l'aimait plus que tout. Inconsciemment, il donna un élan à ses jambes, remonta. Une jeune femme avait vu la scène, s'apprêtait à plonger quand il refît surface.

— Donnez-moi la main, je vais vous aider...
Hisser ce grand corps athlétique ne fût pas chose aisée d'autant que Yassine se laissait faire.

— Vous ne supportiez plus la canicule ? Interrogea sa secouriste espiègle

— Vous vouliez vous rafraîchir ? Je vais appeler de l'aide.

— Surtout pas. J'ai avant tout besoin de réfléchir.

— J'habite à côté. Je vous propose de venir vous changer. J'ai quelques vêtements de mon frère pour vous dépanner. Je pourrais aussi vous faire un thé. Nous ne parlerons que si vous le souhaitez.

Yassine se laissa guider. Toutes ses facultés étaient ralenties, endormies. Il suivît la jeune femme comme un somnambule au bord d'un précipice. En arrivant à l'appartement, Ambre lui proposa de prendre une douche pendant qu'elle préparait le thé. Elle sortit une chemisette, un jean, un boxer, des chaussettes qu'elle déposa sur une chaise devant la porte de la salle de bains. L'eau coula longuement sur les épaules de Yassine secoué par de profonds sanglots. Il lavait toute sa souffrance, évacuait sa peine... A sa sortie, Ambre lui proposa le thé. Elle remarqua avec bonheur que la vie était revenue dans son regard, jusque là absent et s'en réjouît. La boisson chaude au jasmin finit par détendre notre naufragé qui n'en finissait plus de s'excuser, de la remercier.

Ambre était une jeune femme généreuse, au sens moral exacerbé. Elle recherchait toujours ce qui était juste et bon. Pas très attachée aux traditions, elle aimait construire sa propre logique au-delà des préjugés ou des valeurs préétablies. Elle le mena doucement vers la confession, sans l'interrompre.

— Vous devriez rassurer votre mère. Elle doit beaucoup s'inquiéter. Elle aussi souffre, non ?...
Le jeune homme regarda son interlocutrice, comme s'il la découvrait seulement. Elle était éblouissante, avec un côté star fascinant, un petit, je ne sais quoi, d'unique et de distingué. Ses cheveux coupés courts, auburn, encadraient un visage rond, malin. Ses yeux pétillants, son sourire chaleureux, son petit nez retroussé lui donnaient un aspect direct, franc, avenant qui séduisît Yassine, toujours un peu gauche avec les femmes, que sa timidité paralysait. Il se leva brusquement.

— Je suis désolé de vous importuner. Je m'en vais.
— Vous ne me dérangez pas du tout. Vous voyez, je vis seule ici. Je partageais cet appartement avec mon frère. Il vient de repartir dans la famille. J'étudie les langues et les civilisations orientales. Et vous ?
En confiance, Yassine lui parla de son cursus d'ingénieur tourné vers l'espace, de ses espoirs de piloter un jour une fusée SpaceX. Son père l'encourageait toujours en lui disant que rien ne pouvait arrêter un rêve sérieux et réfléchi. Il conclût

— Comment croire ce que disait mon père. Il a dissimulé et menti toute sa vie.

Ambre comprenait, ressentait la blessure du jeune homme. Pour lui redonner courage elle murmura
— Moi je crois en vos rêves et je vous engage à poursuivre votre chemin. Votre père n'est plus là pour se justifier ou se défendre. Gardez-vous de le juger. Il n'en ressortirait qu'amertume et tristesse. Il a partagé avec vous de beaux moments dont vous devez vous souvenir.
Ces mots étaient comme un pansement sur ses blessures. Ne se sentant pas la force d'affronter sa mère, son frère, sa sœur, il en fit part à Ambre. Elle l'invita à rester. Il téléphona pour rassurer sans rien dévoiler de ses faits et gestes.

Après le départ précipité de Yassine, Noor avait quitté Laurence pour regagner son hôtel. Elle avait réservé une chambre pour la semaine, espérant faire un peu de tourisme. Elle avait choisi le journalisme pour s'intéresser et défendre les causes humanitaires, la liberté d'expression. Étudiante discrète, secrète, douée pour les études, encline à se poser de grandes questions sur l'existence, elle s'était tournée vers la psychologie, la politique, la religion. Elle avait écrit quelques articles phares qui lui avaient permis de percer. Elle avait besoin d'activités débordantes et d'authenticité. Parfois sa précipitation, ses réflexions, sa recherche de justice l'emmenait sur des terrains dangereux en Égypte qui lui avait déjà valu plusieurs arrestations. La découverte de l'identité de son père, sa fin tragique dans l'attentat non revendiqué, l'incompétence du gouvernement à identifier le ou les coupables la révoltait. Elle s'était rapprochée de la famille de Naël pour essayer de connaître des faits, peut être demeurés secrets, les obligeant à rentrer en France. Devant la tournure des événements, elle n'avait pas osé s'étendre sur le sujet. Cet acte impulsif de les rencontrer, dominé par ses émotions, ses sentiments, sa curiosité n'avait pas apaisé sa douleur et sa souffrance d'avoir été rejetée par son père. Elle pensait la famille complice. Il n'en était rien. Jamais elle ne se pardonnerait d'avoir semé le trouble et la discordance.

Noor sortie, Mahalia se rapprocha de sa mère, la serra dans ses bras en la cajolant comme un enfant. Elle demanda pourtant l'autorisation de rentrer, voulant se retrouver seule pour essayer de digérer cette nouvelle. Depuis des mois Mahalia ne s'endormait plus sans penser à la fin tragique de son père. Ses nuits étaient habitées de cauchemars récurrents, la réveillant en sursaut, la laissant tremblante et en sueur froide. Seulement les massages au Hammam, quand elle le pouvait, atténuaient ses tensions apportant un sommeil réparateur. Elle s'épuisait au travail acceptant tous les déplacements à l'étranger, les heures supplémentaires pour oublier. Elle venait d'apprendre que l'homme qu'elle idolâtrait le plus, n'était pas celui qu'il paraissait. Lâche, était le seul mot qui lui venait à l'esprit. Pourquoi avoir caché Noor. La proximité de Farah et de Naël depuis l'enfance avait certainement faussé la nature de leurs sentiments. En rencontrant Laurence, il avait vraisemblablement compris que son attachement envers son amie d'enfance n'était pas fait d'amour mais d'affection. Il aurait suffit qu'il en parle. La fuite, le renoncement le caractérisaient si peu. La personne découverte aujourd'hui lui était étrangère. Son paternel avait encouragé ses ambitions, accepté son éloignement de la famille et d'Egypte pour parfaire son parcours d'avocate. Ils se téléphonaient souvent. Elle l'appelait de France ou d'Angleterre pour des conseils professionnels ou personnels. Elle aimait se confier à lui. Il était diplomate, toujours à l'écoute. Elle recherchait les traits de caractère de son idole chez ses partenaires amoureux sans jamais les trouver. Il était à ses yeux le mari idéal, le père modèle, le mentor. Rentrée à son appartement, elle s'effondra sur son lit, se laissa aller ; des larmes inondèrent son visage qu'elle ne chercha pas à retenir. Aussi incroyable que cela fût, elle s'endormit d'un sommeil profond, sans rêves ni cauchemars.

Malik ne pouvait se résoudre à quitter sa mère. Manon, pas au mieux de sa forme, devait pourtant l'attendre depuis longtemps.
— Maman, viens avec moi. Je dois rentrer mais je ne veux pas que tu restes seule. Un jour, on finira tous par accepter l'évidence sans comprendre.
— Non, mon fils, je reste. Toi, tu t'en vas. Ta petite femme t'attend. Elle doit être mal avec cette chaleur ! Dis lui que je l'aime. Allez ouste. Ne t'inquiète pas, ça va aller…
Il laissa sa mère à regret. En route, il revivait les dernières heures. Le départ impulsif de Yassine le contrariait tout comme la relative passivité de sa sœur. Quant à sa mère… Il franchît la porte de son appartement encore abasourdi, se réfugia en larmes dans les bras de sa bien-aimée. Manon ne comprenant pas ce qui se passait, le laissa raconter, sans

l'interrompre. Comment diminuer sa peine immense sans discréditer Naël. Malik, possédant une grande bonté d'âme ne devait pas se perdre dans les méandres de la tourmente.

— Mon chéri, il te faut prendre du recul. Nous devons accompagner ta famille dans l'acceptation de Noor sans juger ton père. Que son âme repose en paix. Quel procès faire à un homme qui n'est plus là.

— Noor est la lumière ! Elle vient de nous éclairer sur une partie de la vie de papa insoupçonnée et inattendue. Comme tu le dis, je veux garder de lui le souvenir d'un père aimant et attentionné. Demeurera un certain mystère qui lui appartient en propre.

Manon, rassurée par ces propos, dévia la conversation vers son état qui, disait-elle, la faisait ressembler à une baleine prête à s'échouer. Son compagnon la flatta sur son allure, la pria d'avoir encore un peu de patience. Les bébés n'étaient pas prêts. Il alla chercher Sp, la déposa sur le lit, entre leurs deux corps. L'enfant écouta la berceuse chantée par sa mère et s'endormit. Admiratifs, ils la regardaient avec les yeux remplis d'amour. C'était dans sa famille qu'il puiserait force et sérénité.

Laurence se retrouva seule. Après avoir ressenti à l'encontre de Noor de la colère, elle compatissait à sa douleur. Aucun enfant ne devrait vivre sans l'accompagnement d'un père. Elle s'était toujours efforcée d'avoir une famille aimante et soudée. Le refus de ses beaux-parents de la connaître avait entraîné des interrogations. Aujourd'hui, elles prenaient place ; elle était l'intruse, l'étrangère qui privait une enfant de l'amour d'un père.

La sonnerie du téléphone la tira de ses réflexions et de sa torpeur.
— Noor, Madame. Pourrez-vous un jour pardonner mon intrusion dans vos vies. J'étais persuadée que vous connaissiez mon existence. Pour mon journal, je recherche des témoignages sur l'attentat du Caire. Comme vous avez quitté le pays quelques mois après, je voulais savoir si vous aviez subi des pressions. Je travaille avec la nouvelle avocate. Elle reprend toute l'affaire.
— Noor, ce soir, je suis très fatiguée. Si vous avez des choses à me dire, nous pouvons déjeuner ensemble demain.
Rendez-vous fût pris. Laurence se sentît apaisée. Elle sortit les albums photos des tiroirs pour se plonger dans ses souvenirs. Jamais, elle n'avait douté de la fidélité de Naël mais aujourd'hui... Les réunions du soir à la banque, les regroupements religieux, les séjours à l'étranger n'étaient-ils pas prétextes pour retrouver son ancienne maîtresse. Elle se secoua, entendit son Naël lui susurrer
— Tu ne dois pas chercher à te faire du mal, mon amour. Je n'ai jamais aimé que toi.
Son cœur lui dictait ce qu'elle avait envie d'entendre. Son mari, homme droit et intègre aurait-il pu lui cacher un tel secret ? Elle ne pouvait, ne voulait pas y croire. Se levant pour remettre les classeurs à leur place, elle remarqua l'ordinateur de Naël resté fermé depuis sa mort. C'était avant tout son outil de travail. Elle ne l'avait jamais ouvert. Il lui avait donné le mot de passe. Elle se souvenait l'avoir noté dans son téléphone. Elle chercha et ouvrît le portable. Sur le bureau, un dossier attira de suite son attention

« *LETTRES DE MENACE* ». Surprise, elle cliqua pour l'ouvrir. Des échanges de mails entre son époux et la direction de la banque rapportaient qu'une personne envoyait des lettres d'intimidation présageant la mort de plusieurs personnes rattachées à la banque.

*Je vous ferai tous sauter*
*Vos jours sont comptés*
*Surveillez vos arrières*
*Le grand jour arrive*
*Vous ne serez bientôt plus que cendres*
*Le châtiment est proche, Dieu est grand*

Les mots, découpés dans différents journaux, étaient collés et centrés sur des feuilles blanches, format A4, anonymes. Il était expressément demandé à Naël d'éclaircir au plus vite cette affaire. Il avait carte blanche… Son époux avait engagé un détective privé qui écrivait être sur une piste sérieuse. Un employé, licencié depuis un an serait l'auteur des lettres. Il gardait le nom encore secret, n'ayant pas réuni assez de preuves. L'étau se resserrait ; il apporterait les éléments manquants sous quelques jours. Ce message avait été envoyé trois jours avant l'attentat. Laurence était médusée. La banque n'avait jamais fait état de ces menaces pourtant il était clair qu'elle était directement visée. Elle avait préféré laisser croire à l'attentat politique.

Elle continua à fouiller dans les icônes, s'attarda sur les documents, s'arrêta paralysée sur le fichier intitulé « *FARAH* »

Elle l'ouvrit. Deux lettres, quelques photos. Elle lût :
*Mon Cher, fidèle, inestimable Ami,*

Pourrai-je un jour suffisamment te remercier pour ce que tu fais aujourd'hui pour moi.
Je n'aurais jamais pu avouer à mes parents avoir été violée. Ils ne pardonneraient pas, accuseraient mes mœurs légères et mes fréquentations douteuses. Je n'ai qu'eux.
En m'autorisant à leur faire croire que tu es le père de l'enfant que je porte, tu sauves ma réputation et mon avenir, comme celui de l'enfant. Être le fruit d'un viol est difficile à assumer. Je demanderai à mes parents de ne jamais lui dévoiler ta paternité.
Tu vas être pour tous banni de nos vies.
Mon frère, que Dieu te protège.
Ta sœur d'adoption
Farah.

Mon amie,
Avouer être le père de ton enfant, sans vouloir endosser ma paternité en t'épousant, a fait de moi un paria. Mes parents me méprisent et me renient. J'en ai le cœur brisé.
Je t'ai fait la promesse de garder ton secret. Je le garderai jusqu'à ma mort. Il met une fin définitive à toute relation entre nous. Comme je te l'ai dit, je t'aiderai en t'envoyant une petite pension, souvenir de nos années jeunesse.
J'espère que cet enfant te stabilisera et apportera le bonheur dans ta vie.
Va en paix.
Naël.

Suivaient, annexés le certificat de naissance de Noor, quelques photos de l'enfant, son diplôme de journalisme.

Figée, Laurence fixait l'écran, sa vue troublée ne voyait plus rien. Son Naël, son preux chevalier au grand cœur, sans haine, sans peur et sans reproche avait volé au secours de la princesse de son enfance… Pourquoi Farah n'avait-elle pas, avant sa mort, rétabli la vérité auprès de sa fille ? Elle avait préféré lui laisser croire que Naël était son père pour ne pas lui avouer le viol. Forte de ces nouveaux éléments, elle rejoignit le lendemain Noor à son hôtel. Elle avait réfléchi toute la nuit à ces nouvelles informations. Révéler ce qu'elle avait appris sur sa mère, ne ferait que la perturber. Elle allait s'abstenir. Elle connaissait la vérité, cela lui suffisait. Pour les nouvelles données sur le rôle de la banque, ce n'était pas la même affaire. Laisser croire à un attentat politique, pour décharger sa responsabilité, Laurence ne pouvait pardonner. A la journaliste de faire son travail d'information.

La jeune égyptienne l'attendait dans le hall ; Laurence lui demanda de la conduire à sa chambre. Surprise, elle s'exécuta.
Lire les lettres de menaces, les mails, le rapport de l'enquêteur convainquirent la journaliste que les sources étaient sérieuses. Il faudrait pourtant tout revérifier mais la piste était ouverte. La jeune femme se confondît en remerciements. Elle programma son retour le jour suivant. Une fois sur place, elle contacterait la nouvelle avocate de La Défense des Familles

au Caire. Elle se méfiait des conversations téléphoniques.

En rentrant du restaurant, Laurence s'arrêta chez Malik puis chez Mahalia pour leur faire part de ses découvertes. Soulagés, les deux confirmèrent n'avoir jamais pensé à la version de Noor. Laurence n'en crût pas un mot. Elle connaissait bien ses enfants. Ils avaient été profondément affectés. Yassine mît au courant le soir à son retour de chez Ambre, se flagellait de reproches. Il avait osé incriminer son père, pensé à disparaître dans les eaux troubles de la Seine. Il devait se ressaisir à l'avenir, contrôler davantage ses émotions.

Une semaine plus tard, Malik accompagnait Manon à la maternité, les contractions se rapprochant, bien avant la date prévue. Le jeune pédiatre tranquillisait sa dulcinée, inquiète
— Ça va aller, mon amour, je suis là.

Lisbeth, prévenue téléphoniquement, se retira dans sa chambre pour prier sa vierge Marie

*Sous l'abri de ta miséricorde, nous nous réfugions*
*Sainte Mère de Dieu*
*Ne méprise pas nos prières*
*Quand nous sommes dans l'épreuve*
*Mais de tous les dangers délivre-nous toujours*
*Vierge glorieuse et bénie.*

Prière suivie de plusieurs neuvaines à Marie qui défait les nœuds. Elle se sentait proche de sa petite fille, lui insufflait force et courage. Elles communiaient en union spirituelle. Manon avait besoin de tous ses encouragements. Elle accouchait dans la souffrance, la péridurale ne fonctionnant pas. Son coma passé avait sans doute perturbé son système neurologique.

Après six heures de travail, elle n'entendait plus les soutiens de son amoureux. Concentrée sur sa respiration, rassurée sur la position du premier bébé, permettant un accouchement par voie basse, elle mettait dans ses poussées toute son énergie. Après l'expulsion, le premier jumeau fût rapidement pris en charge par une sage-femme et placé sous couveuse. Le deuxième, mal positionné, compliquait la suite.
— Nous allons vous faire une césarienne.
— Non, je ne veux pas, je vais y arriver...
— Je repositionne le bébé. Si je n'y parviens pas, ce sera le bloc.

L'obstétricien posa ses deux mains sur le ventre de sa patiente, enserrant la tête et les fesses du bébé. Il arriva à fléchir la tête qu'il tourna vers le bas ; de l'autre, il remonta les fesses qu'il amena vers le haut. Le temps avait passé. Le monitoring signalait une légère anomalie du rythme cardiaque. De nouvelles contractions enfin. Le bébé repositionné apparût, quarante minutes après le premier. Il fût mis sous couveuse et surveillance cardiaque.

Manon commençait à trembler de tout son corps. La tension était extrêmement basse. L'équipe médicale la rassura Le frisson post-partum, réponse physiologique du système nerveux, qui envahissait Manon était incontrôlable et pouvait durer jusqu'à deux heures après l'accouchement. Sans fièvre, il était sans accompagnement.
— Essayez de vous détendre, Vous avez de beaux bébés. Votre mari va leur faire leur premier examen.

Malik, examina chaque enfant. Gestes de routine : contrôles des organes génitaux, des pouls fémoraux, des reins, de l'abdomen, du nombril, du cœur et des poumons devenaient pour lui exceptionnels. Il s'extasiait sur leur physique, pieds, mains comme une première découverte. Le réflexe de la marche le rassura. Il déposa les nouveau-nés dans les bras de leur mère.

— Regarde ma toute belle, ces deux merveilles. Ils pèsent presque trois kilos. Nous les maintiendrons en couveuse deux ou trois jours, pour réguler leur température et surveiller l'ictère néo-natal fréquent chez les prématurés. Ils ont un bon poids, on pourra vite les ramener chez nous pour les présenter à Sp. Repose toi, maintenant. Je veille sur eux. Merci mon amour de ce magnifique cadeau. Je t'aime.

Manon blottît ses petits dans son cou, tout contre sa peau. Elle essaya de garder les yeux ouverts, lutta, finit par relâcher sa vigilance. Malik reprît les nouveau-nés qu'il installa en couveuse.

Théo et Léo débutaient leur nouvelle vie extra-utérine.

A sa sortie de maternité, le jeune papa conduisît Manon, Amanita et les enfants chez Lisbeth. Les nouveaux nés accaparaient à temps plein les deux jeunes femmes entre les biberons et les soins. Les grands-parents s'occupaient d'Sp, la promenaient en forêt ; elle profitait des derniers rayons de soleil en ce début automnal. Henri gérait le ravitaillement, Lisa les repas. Tous étaient largement occupés, personne ne s'en plaignait, heureux d'être ensemble. La famille de Malik chargée du déménagement à Chantilly, prépara la nouvelle demeure, assistée par Antoine. Mahalia, opportuniste, s'installa immédiatement dans l'appartement de son frère, plus spacieux et plus lumineux.

En sa qualité de pédiatre, Malik visita les hôpitaux de Creil et Chantilly où il obtînt des vacations pour chaque matinée de la semaine. Il assurait ainsi son installation. Il ouvrît son cabinet privé et commença ses premières consultations. Habitué au bruit et à l'effervescence de la capitale, surpris dans un premier temps, il apprécia rapidement le calme et la tranquillité de la province. Ses horaires aménagés lui laissaient du temps pour s'occuper des enfants et chérir sa compagne. En novembre la famille au grand complet, réunie dans la nouvelle demeure, fêta les anniversaires d'Henri et d'Esperanza. Les jeunes parents profitèrent de cette occasion pour annoncer leur mariage. Laurence et Elisabeth émues versèrent leur larme, les hommes trinquèrent.

A son retour de France, Noor reprît l'enquête. Elle contacta le détective privé mentionné dans les emails de Naël.

— Je suis surpris de votre appel. La banque m'a sommé d'arrêter mes recherches.

— Que pouvez-vous m'apprendre aujourd'hui sur la personne que vous aviez soupçonnée ?

— L'employé incriminé avait été renvoyé pour faux en écriture comptable. Après son licenciement, sa femme l'a quitté pour vivre à Alexandrie, à cent quatre vingt kilomètres du Caire. Ne voyant plus ses enfants, sans travail et sans argent, il vagabondait

dans la ville, se plaignant de sa condition à qui voulait bien l'entendre. Le propriétaire de son appartement, lui demandant de quitter les lieux, a certainement déclenché l'inéluctable. Après l'attentat, j'ai voulu le contacter mais il avait disparu. Je ne sais pas vous dire aujourd'hui où il peut être.
— Je vais écrire un article, dénonçant la banque et un avis de recherche pour l'employé. On verra ce que ça va donner…
— Faites attention à vous, Mademoiselle, c'est courageux mais très dangereux.
La journaliste rapporta les nouveaux éléments à l'avocate. Un ami policier l'assura qu'il ferait le nécessaire pour suivre les réponses suite à la parution dans la presse. Quatre mois après, le policier appelait
— Nous avons retrouvé le présumé coupable. Il est au poste. Tu peux venir pour suivre l'interrogatoire. On t'attend.

Enfin, les choses bougeaient. Après s'être rapidement préparée, elle attrapa ses clefs, monta dans sa voiture garée devant ses fenêtres, mit le contact… La voiture explosa. La déflagration fît voler les vitres en éclats.

La mort de la jeune journaliste, annoncée sur la BBC World, fut reprise par plusieurs chaînes de télévision. En écoutant les informations du soir, Laurence apprît la triste nouvelle. Son cœur se tourna vers Noor
— Tu aurais dû abandonner, jeune fille. La vérité n'est pas toujours bonne à connaitre.

L'homme arrêté avoua être à l'origine de l'attentat. Il voulait faire payer la banque. La mort de Noor ne pouvait lui être imputée. Il était au poste de police depuis vingt quatre heures. Laurence n'avait pas la force d'en apprendre ou d'en savoir davantage. Elle voulait tourner la page. L'orpheline, la téméraire, l'audacieuse, la solitaire, dans l'espoir de rendre justice à un père qui n'était pas le sien, venait de perdre son combat et sa vie.

La Professeure ne voulait plus penser qu'à sa retraite proche et à son départ pour la Bretagne. En achetant une maison dans le village de son enfance, elle remontait aux sources de sa vie, aux souvenirs de sa jeunesse. Elle n'avait pas reconnu grand-chose quand elle était venue chez le notaire signer les papiers. Au cimetière, recueillie sur la tombe de ses parents elle ressentît un appel pressant pour rentrer « au pays ». Elle y accueillerait ses enfants, petits enfants avec bonheur. Malik lui rappelait souvent les vacances passées chez ses grands-parents. Il en gardait en mémoire des souvenirs impérissables. Elle souhaitait, elle aussi, laisser ses marques chez ses petits qu'elle chérissait tant.

Yassine allait partir. Il terminait son premier cycle d'ingénieurs et poursuivrait sa formation de pilote à Toulouse. Follement amoureuse, Ambre le suivrait. Un couple discret, délicieusement uni. Il ne lui avait jamais parlé de leur rencontre mais ces deux là s'étaient trouvés et vivaient leur histoire sans nuage, dans une totale complicité.

Prévu en août à l'abbaye de Royaumont, les invitations pour le mariage furent envoyées en début d'année. Le couple invita Benoît et Mahalia, les futurs témoins, à déjeuner.

Benoît, à son retour du Sénégal s'était spécialisé dans la chirurgie cardiaque, orientation pédiatrique à l'hôpital NECKER. Il intervenait sur les malformations, l'insuffisance, les troubles du rythme. Il travaillait en étroite relation avec des chirurgiens du monde entier, aidant et soignant les enfants des pays défavorisés. Son aide humanitaire à Podor avait laissé son empreinte.

Mahalia, sous le charme de sa simplicité, de sa profonde générosité, le mangeait des yeux. Il était plutôt beau gosse ce bel hidalgo à la longue chevelure noire ébène, retenue au ras de la nuque, dans un catogan. Ses yeux noirs, son regard langoureux enveloppaient ses interlocuteurs, ses lèvres sensuelles, souriantes invitaient à la damnation. Sa longue silhouette, son allure générale moderne et virile subjuguait. Genre d'homme recherché par la jeune femme quand elle fréquentait les artistes du quartier de Montmartre.

Benoît, envoûté par les yeux gris perçants qui intimidaient nombre de prétendants, ne pouvait détacher son regard de cette divine créature minaudant comme une chatte. Reconnue pour son caractère affirmé et entier, il était exceptionnel de la voir aussi calme et discrète. D'un geste impérial, d'un signe de tête royal, elle acquiesçait à toutes les paroles du jeune homme rendu fou de désir.

Manon et Malik assistaient en direct à ce coup de foudre et s'en réjouirent. Ils n'auraient jamais imaginé pareille alliance… l'écervelée allait-elle rentrer dans le rang ? Tous deux acceptèrent, avec reconnaissance, d'être témoins. A la fin de l'après-midi, Benoît se proposa pour raccompagner Mahalia, venue de Paris en TER. Elle accepta…

Théo, Leo et Esperanza, trois angelots tout de blanc vêtus, assistèrent dans les bras de Lisbeth, Laurence et Nora au mariage de leurs parents à la mairie de Chantilly. Ils égayèrent la cérémonie en se manifestant joyeusement, applaudissant à tout-va.
Située à un quart d'heure, l'abbaye de Royaumont, réquisitionnée pour l'événement, attendait tous les invités dans un parc somptueux, un cloître et un réfectoire gothiques. Le temps était ensoleillé, sans excès de chaleur. Les mariés affichèrent bonheur et satisfaction en accueillant les deux cent invités, famille, amis, collègues, officiels.
Manon resplendissait dans sa robe bustier en satin blanc, au plissé brodé, forme sirène à moyenne traîne. Cette tenue mettait en valeur sa longue silhouette, sa taille de guêpe retrouvée, ses formes par-

faites. Le bustier soulignait une poitrine aux rondeurs et volume généreux. Sa blonde chevelure, sans artifices, tombait sur ses épaules dénudées. Malik avait opté pour une jaquette légère anthracite, un pantalon gris plus clair. Un gilet croisé soulignait son corps athlétique. La chemise blanche, en piqué de coton, col cassé était enrichie d'une lavallière en soie marine rappelant le bleu profond de son regard. Les deux témoins étaient arrivés, se tenant par la main. Mahalia rayonnait dans sa longue et jolie robe jaune fleurie. Coiffée d'un élégant bibi à voilette, elle paradait accrochée au bras de son cavalier, en costume clair, très soft. Benoît faisait la roue amoureuse autour de sa belle. Ils étaient les mariés de demain. Toutes personnes présentes en furent convaincues. Mahalia attrapa au vol le bouquet de la mariée. Les dés étaient jetés ! Astrid, accompagnée d'une nouvelle compagne avait à sa table l'équipe de l'aide humanitaire : Aida, Olivier, Amanita toujours soudés et solidaires.
Les filles, Aurora et Yséa, s'aimaient comme des sœurs. Douées pour la danse et le chant, elles avaient préparé un spectacle surprise pour les mariés. Installées sur une estrade au milieu du parc, accompagnées de Julie au piano et d'Antoine au violoncelle, elles animèrent une bonne partie de l'après-midi.

La photo souvenir de la table des mariés affichait à la droite de Manon, les mines réjouies d'Henri, Lisbeth, Antoine, Nora et Julie ; à la gauche de Malik : Laurence, Mahalia, Benoît, Ambre et Yassine. Flottait le souvenir, l'absence de Naël qui empêcha la photo d'être idyllique.

# Epilogue

Sainte vierge, que le temps a passé vite, se disait Elisabeth, en cette fin d'automne. A Noël, dans un mois, toute la famille allait se retrouver à Chantilly. Elle attendait habituellement impatiente ces grandes réunions mais cette année cette perspective l'effrayait. Depuis sa véranda, nostalgique, songeuse, elle regardait œuvrer le jardinier, Monsieur Jean. Depuis quelques années, elle se contentait d'admirer les éclosions des bourgeons, les floraisons de ses arbres, buissons, parterres, poteries... L'entretien, la taille, les plantations, créations ne lui appartenaient plus. Elle était trop fatiguée

— C'est l'âge, Elisabeth, faut accepter...

Posant un chandail sur ses frêles épaules, elle rejoignît le jardinier qui plantait les bulbes de jacinthes, tulipes, narcisses

— Bonjour, Madame Elisabeth. J'enfouis quelques oignons que vous prendrez plaisir à surveiller au printemps prochain.

— Oh, c'est encore loin, Monsieur Jean, le mois de mars. Il me faut déjà passer l'hiver. Même si le temps

est moins frileux d'année en année, les journées sont interminables en cette saison. C'est certain, je ne pourrais vivre en Islande, dans tous ces pays nordiques où le jour ne dure que quatre ou cinq heures même si, comme on le dit, les aurores boréales y sont magnifiques. J'aime trop la lumière, le soleil et la chaleur...
L'ouvrier parti, Elisabeth erra dans son jardin, relevant mentalement le travail à faire avant l'arrivée des grands froids. Les fauteuils du salon en fer forgé, sous le noyer, lui tendaient les bras. Serrant davantage le châle autour de son cou, de ses épaules, elle s'y posa. Elle repassa en mémoire ses dix dernières années.

Manon, sa petite fille chérie, mère épanouie allait reprendre son travail d'infirmière à l'entrée en sixième de ses jumeaux. Heureuse avec ses « presque triplés » qui avaient rempli tout son temps, elle était impatiente de retrouver le métier qu'elle avait choisi. Elle formait avec Malik un couple exceptionnel, exemplaire. Leur réussite faisait plaisir à voir.

La délicieuse mais fragile Sp avait appris son adoption en visitant Bruges, la ville natale de ses parents biologiques. La quiétude de la ville, la promenade à bateau sur les canaux avaient favorisé la confidence. La fillette avait marché quelques heures dans les traces de ses géniteurs, découvert la Grand-Place où son père avait vécu et au centre ville, retrouvé la maison où sa mère était née... Manon et Malik décidèrent à l'avenir de ne plus aborder le sujet. Ils laissaient à leur fille la liberté d'en reparler si elle le souhaitait.

Sa petite Julie, maintenant jeune femme épanouie, rentrait au cours Florent. Elle allait peut-être réaliser son rêve de devenir actrice. La musique et le piano resteraient sans aucun doute ses violons d'Ingres. Antoine et Nora, parents aimants et solidaires, la soutenaient, l'encourageaient dans ses choix. Certes, son père était un peu déçu mais n'avait-il pas trouvé le bonheur en renonçant à sa carrière de violoncelliste international ? Alors...

— Tout est en ordre, conclût Elisabeth, après cet inventaire intime.

Elle entendit, sans vouloir réagir, Henri l'appeler. Il la cherchait.

S'enfonçant plus profondément dans son fauteuil, elle laissa le froid la gagner. Sa sortie de route était proche ; tout son corps le pressentait. Elle ferma les yeux...

# REMERCIEMENTS

Dans son atelier, les petits papiers des AVF de SENLIS, Joëlle BOSHEM m'a ouvert le chemin de l'écriture. Merci pour cet envol de mots dont je me nourris chaque jour.

Les encouragements, le soutien inconditionnel de mon mari m'ont poussée dans cette aventure. Je lui adresse toute ma reconnaissance, mon amour.

Gratitude à Edith, Patrice, mes fidèles lecteurs.

Tendres pensées pour ma mère, 92 ans, mon frère Jean-Dominique.

A toutes les personnes, connues et inconnues qui liront mon livre, je leur donne rendez-vous au printemps pour un prochain roman dédicacé aux femmes violentées.